Ｉ〈歩く〉

有島と木田のクロスロード

（文・谷口雅春／写真・露口啓二）

安達牧場へ向かう有島武郎（左）と木田金次郎
1922年（木田金次郎美術館蔵）

ニセコ

……午後になったと思う間もなく、どんどん暮れかかる北海道の冬を知らないものには、日が逸早《いち》く蝕まれるこの気味悪い淋しさは想像がつくまい。（中略）私は淋しさの余り筆をとめて窓の外を眺めて見た。そして君の事を思った。

（『生れ出づる悩み』＝集英社文庫版、以下同＝から）

旧有島農場から望む羊蹄山。この山は蝦夷《えぞ》富士や後方羊蹄《しりべし》山、マッカリヌプリなどと称され、有島の小説『カインの末裔』などにも描かれている。手前の小山は農場ゆかりの宮山

東に羊蹄山《ようていざん》、南に昆布岳、そして北にニセコ連峰。三方を山岳に囲まれ、西の日本海に尻別川が下るニセコ町は、となりの倶知安《くっちゃん》町と並んで北海道を代表するウィンターリゾートだ。売り物は、日本有数の積雪量と、世界屈指の上質なパウダースノー。そしてニセコ駅にほど近く、尻別川左岸の広大な丘陵地に「有島」という地名がある。かつて有島武郎が所有していた大農場のなごりだ。

有島武郎《ありしまたけお》（１８７８－１９２３）の生涯に決定的な影響を及ぼした有島農場は、東京の実家を離れて札幌農学校で学ぶ長男武郎のために、父の有島武が不在地主となって羊蹄山麓のマッカリベツ原野（現ニセコ町）に拓いた。背景には、１８９７（明治30）年に公布された北海道国有未開地処分法という法律があった。これは、停滞していた北海道の内陸開拓を進めるために「内地」の資本家たちに大面積をただで貸し付けて、期限内に開墾できれば無償で与えるという、驚くほど大盤振る舞いの法律。「中央」から見れば北海道の大部分はまだ無主の地だったから、道内各地でおびただしい数の不在地主が生まれ、投機をねらうだけの開墾もはびこった。先住アイヌ民族の大地が、突然近代国家の所有物となった時代だ。有島の周辺の「曽我」や「樺山」といった地名も、かつての不在地主の名前に由来している。

北海道の開拓をつかさどった官庁である開拓使の時代から、開拓の中枢には多くの薩摩人がいた。まず30歳で開拓使のトップについて、のちに首相も務めた黒田清隆。そして屯田兵の創設を指揮した永山武四郎や、札幌農学校の初代校長を務めた調所広丈。サッポロビールの源流となる仕事をした村橋久成や、北海道炭礦汽船（北炭）の基礎を築いた堀基などもいる。地図のスケールを広げれば、薩摩は古くから南に開け、琉球を通した密貿易などによって中国との関わりを持っていた。そして主な輸出品は、昆布や煎海鼠《いりこ》（ほしなまこ）、干アワビ、フカヒレなど、実は蝦夷地の海産物だ。幕末に産業の近代化に取り組んだ開明的な藩主島津斉彬は、蝦夷地への並々ならぬ関心を絶やさなかったといわれる。

　有島武郎の父・武も、こうした文脈の上にある薩摩人だ。幕末には、薩摩藩の有力分家である北郷《ほんごう》氏に仕える下級武士だった。北海道に農場を拓こうと考えた有島武が頼ったのが、もうひとりの大物薩摩人。開拓使で外国人顧問の通訳を務め、七飯《ななえ》勧業試験場長や初代根室県令などを歴任した貴族院議員、湯地定基だ。武は湯地から、近い将来に函館から小樽までの鉄路が敷かれることになっていた羊蹄山麓をすすめられる。そこで北海道国有未開地処分法公布のすぐあとマッカリベツ原野の貸付を出願したが、その時点ではまだ一帯の道路も不十分な上に準備が足りず、いったん返地を余儀なくされた。そして１８９９（明治32）年、武の長女（武郎の妹）の夫である山本直良（実業家）の名義で再出願。許可がおりて、翌年小作人たちを入植させた。

　困難を乗り越えながら入植者も増えて開墾は進み、4年後には小作料の徴収がはじまる。有島が留学から帰って札幌農学校の講師の仕事をはじめた１９０８（明治41）年には、名義が山本直良から武郎のものに替えられた。武郎は農場主として、翌年には北海道庁から出願した土地を無償付与され、大農場の経営者となったのだった。農場の形は整っていったものの、最盛期には約70戸を数えた小作人たちの暮らしは楽ではない。例えば１９１１年には、小作料を減額しなければならないほどの不作で生活が立ち行かなくなって退場した小作も出ていた。その中には、『カインの末裔』のモデルといわれる広岡吉次郎がいた。施肥も満足にできない当時の農業では、畑は年を追って痩せていった。

札幌

私が君に始めて会ったのは、私がまだ札幌に住んでいる頃だった。私の借りた家は札幌の町端《はず》れを流れる豊平川という川の右岸にあった。その家は堤の下の一町歩ほどもある大きな林檎《りんご》園の中に建ててあった。

道都・札幌を南北に縦断する豊平川の流れ。木田が有島を訪問した頃は「暴れ川」として生活を脅かす存在だったが、今はその穏やかな流れで人々にうるおいを与えている

札幌はリンゴのまちだった。それは例えば、1958（昭和33）年に北海道で最初の公団住宅として入居がはじまった木の花団地（豊平区）が、かつてのリンゴ園を切り拓いて誕生したことからも見えてくるだろう。有島武郎が札幌農学校（現・北海道大学）で学んだのは、1896（明治29）年から1901（明治34）年まで。ちょうど札幌がリンゴのまちだった時代だ。

札幌のリンゴ栽培の起源は、和人による本格的な内陸開拓がはじまった明治初頭。果樹・園芸の専門家ルイス・ベーマーらのお雇い外国人のすすめで、開拓使は欧米からさまざまな果樹を輸入した。中でもリンゴは有望だったので50種類以上の品種を持ち込んで札幌で試験を繰り返し、かなったものを道内各地に根づかせていった。

東京で生まれ横浜と東京で育った有島は、札幌農学校を卒業すると師である新渡戸稲造のすすめで米国北東部のハヴァフォード大学（ペンシルベニア州）に留学する。文学修士の学位を得るとハーバード大学大学院（マサチューセッツ州）で聴講生となり、1906（明治39）年の秋にはヨーロッパへ。イタリアで美術を学んでいた弟の壬生馬《みぶま》（のちの生馬《いくま》）とナポリで合流して、ヨーロッパ各地を7カ月あまり旅した。翌年春に帰国すると、その年の暮れには札幌農学校が改組された東北帝国大学農科大学（現・北海道大学）の英語講師の仕事が決まった。ここから札幌での暮らしがふたたびはじまる。

大学教員となった有島の生活はおのずと、明治から大正にかけての札幌のまちの動きとかかわっていた。それは学友だった森本厚吉宅への寄寓からはじまった。その後恵迪寮《けいてき》の舎監として住み込み、陸軍中将神尾光臣の次女安子と結婚すると、北2条東3丁目（現・北2条東6丁目）の家に迎え入れた。ここは屯田兵の制度を立ち上げて道庁長官も務めた薩摩人、永山武四郎が所有していた家だ。そして1910（明治43）年の5月。有島夫妻はリンゴ園の一角、上白石2番地（現・菊水1条1丁目）に引っ越すことになる。この地は白石村だったが、4月に札幌区に編入されて白石町の字名がふられることになった。これで札幌の人口は8万8千人ほどになったが、函館や小樽の方がまだ大きなまちだった。

有島がヨーロッパから帰国したころの札幌の地図を見ると、中島遊園地（現・中島公園）や東北帝国大学農科大学、そして市街に隣接する白石村や苗穂《なえぼ》村のあたりに、市街を取り囲むようにリンゴやブドウの果樹園が広がっている。当時の市街のエリアは、北は札幌中学校（のちの札幌第一中学校）の先の北15条あたりまでで、南は中島遊園地。西20丁目のすぐ西は円山村で、東端はいまの東8丁目通にすぎない。

白石村の一部の札幌編入には、薄野遊郭《すすきのゆうかく》の移転がかかわっている。当時白石付近のリンゴ園は、病害の発生で大きな打撃を受けていた。一方で、まちづくりが始まったころは郊外に位置していた薄野遊郭が、道都の発展によって市街に飲み込まれるようになり、移転させるべきだという声が起こっていた。リンゴ園主たちはこれを絶好の機会ととらえて、リンゴ園に見切りをつけ、リンゴ園一帯を札幌区に編入させた。ここがのちの白石遊郭となる。

実際に移転がはじまったのは、開道50年を記念して中島遊園地をメーン会場にした北海道大博覧会が開かれた1918（大正7）年からだった。外国にも輸出するほど盛んだった札幌のリンゴ栽培は、病害や離農などでしだいに衰えていった。

岩内

それはどれも鉛筆で描かれたスケッチ帖だった。そしてどれにも山と樹木ばかりが描かれてあった。私は一眼見ると、それが明らかに北海道の風景である事を知った。のみならず、それは明らかに本統の芸術家のみが見得る、そして描き得る深刻な自然の肖像画だった。

岩内港。明治期にはニシン漁、大正以降はスケトウダラ漁で活況を呈した。木田の生家はこの至近。背後にはニセコ連峰の山々がそびえる

木田金次郎（1893－1962）の実家は、北海道岩内町（後志管内）の海産物商で、のちに漁業に転じた。父は福井県出身で、母は石川県で輪島塗を生業とする家に生まれた。ふたりがもうけた6人の子のうち、わんぱくな次男が金次郎だ。岩内湾の対岸（泊村）に北海道電力の原子力発電所ができるまで、岩内にはニシンやスケトウダラなどを柱にした漁業のまちというイメージがあった。しかし木田が育った明治から大正までの岩内は、漁業に加えて、内陸に倶知安《くっちゃん》や狩太《かりぶと》（現ニセコ町）などの開拓地を背負いながら、国内外に開かれて幅広い経済基盤を持つ商業都市だった。さらに幕末から明治にかけては、北海道の中でも独自のあゆみを遂げたユニークなまちだったといえる。

江戸時代の北海道は、道南の松前藩の所領地をのぞいては、許可のない和人が定住することはきびしく禁じられていた。天保の大飢饉（1830年代）などで困窮した北東北の人々が蝦夷地に入ることがあると、彼らはひそかに積丹《しゃこたん》半島の西の付け根にある岩内に集まったという。松前から日本海側を北に向かうと、奥地との境界になる積丹半島まで、堀株《ほりかっぷ》川の河口域に平野が広がる岩内をのぞいては、集落ができる平地は限られていたのだ。そこは松前藩の所領に比較的近いので、近蝦夷と呼ばれた。

19世紀半ばから内陸でよく知られていたのは、現在のリゾートの拠点ニセコアンヌプリの北西隣、硫黄が採れたイワオヌプリだった。ニシン漁を中心に当時の岩内で大きな商いをしていた場所請負人佐藤仁左衛門（仙北屋）が、約20キロの山道を整備して採掘した硫黄を馬で岩内まで運び、そこから船で出荷した。山道は、現在の道道66号ニセコパノラマラインの旧道だ。作業には、春のニシン漁のために広く集めた雇い人たちを動かすことができた。馬の使用も、これが西蝦夷地（蝦夷地の日本海側）で最初期のものだった。

そして幕末。ペリー艦隊の来航によってまず下田と箱館が開港（1854年）されると、欧米の蒸気船を動かす石炭の需要が生まれ、幕府は岩内近郊の茅沼で発見された石炭を掘り出すことにする。ニシン漁の親方衆にとっても石炭は、ニシンを大量に炊いて〆粕《しめかす》（本州へ移出する魚肥）をつくるための燃料に好都合だった。幕府は採鉱や築港のために20人以上の御雇い外国人を岩内に派遣して、インフラの整備に取り組んでいく。日本最初期の鉄軌道も敷かれた。こうして近蝦夷の漁村がいっきに先進技術のブームタウンになった。これらの事業や動向は明治の開拓使にも引き継がれ、開拓使の鉱山技師トーマス・アンチセルが岩内で野生ホップを発見したことで、現在のサッポロビールにつながる北海道でのビール作りがスタートした。また道内最初の水力発電所が稼働、西洋建築や馬車鉄道、新聞の発行、教会の設置など、先進的なまちづくりが進められた。

明治30年代には倶知安や狩太をはじめとする内陸部への入植が進む。物流の中心は海運だったので、岩内は玄関口として人と物資の集散地になっていった。生活物資がぞくぞくと水揚げされ、石炭や硫黄をはじめ水産物、農産物が岩内から出荷されていく。明治末からは、国や道に任せていては埒《らち》があかないと、強い自治力を駆使してまちが独力で港の整備に乗り出した。大正年間には岩内・小沢（現・共和町）間の馬車鉄道が岩内軽便線（のちの国鉄岩内線）に発展。大正期終盤には日本最初のアスパラガスの栽培と缶詰化に成功した。経済基盤が育まれれば文化的な土壌も豊かになる。金次郎少年は、こうしたまちで向学心と絵画への思いをつのらせていった。

木田金次郎〈岩内山〉
1958年
油彩、カンヴァス
72・7×91・0cm
（木田金次郎美術館寄託）

有島武郎〈黒百合会の学生たち〉1909（明治42）年　水彩、紙　33.0×51.0cm

有島が黒百合会会員を描いたもの。1910（明治43）年の黒百合会第3回展が木田の有島訪問のきっかけとなった（有島記念館蔵）

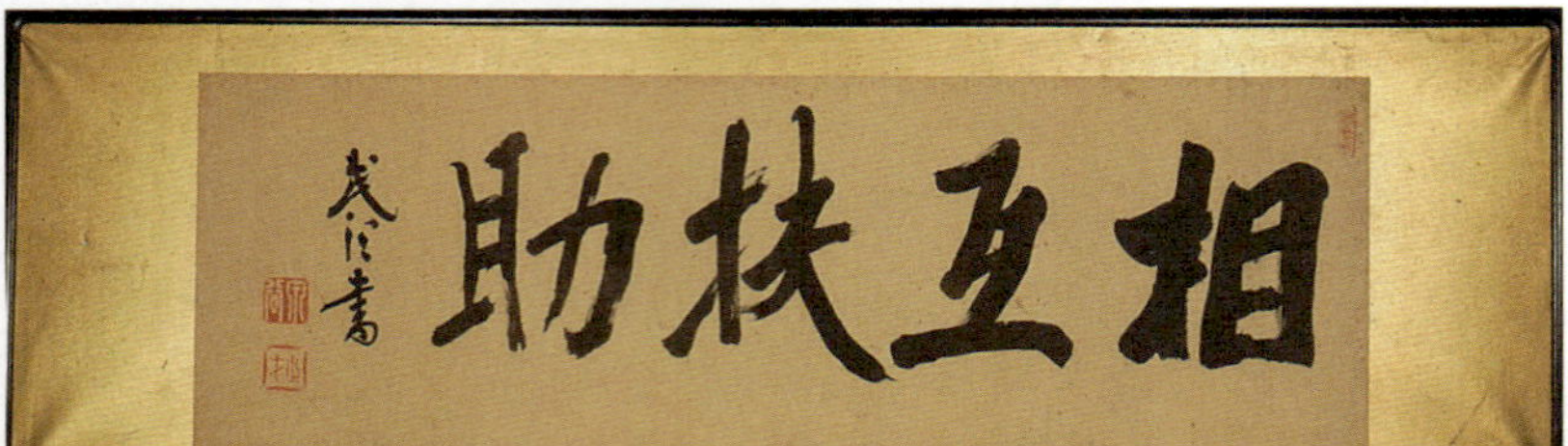

有島武郎〈相互扶助〉1922（大正11）年　墨、紙　46.0×138.0cm

有島農場解放後に設立された自治組織「狩太共生農団」の団是として有島から贈呈されたもの（有島記念館蔵）

『生れ出づる悩み』を読む

~有島武郎と木田金次郎のクロスロード

有島武郎・木田金次郎プロジェクト［編］

目次

II〈読み解く〉

悩むふたり

（文・谷口雅春／写真・露口啓二）

1920（大正9）年、27歳の木田金次郎
（木田金次郎美術館蔵）

札幌での有島武郎。1913（明治42）年（35歳）頃
（有島記念館蔵）

出会い

有島武郎は１９０８（明治41）年、卒業した札幌農学校が改組された東北帝国大学農科大学（現・北海道大学）の英語講師の仕事をスタートさせた。絵画好きの学生たちから請われて「黒百合会」という美術サークルのリーダーにもなった。もともと美術への関心が高かったが、弟の生馬とヨーロッパ各地を旅しながら多くの美術館を見て回り、西洋美術の古典から同時代の動向までを深く吸収していた。学生たちにとって有島は、最良の指導者だったのだ。

１９１０（明治43）年の11月。黒百合会第３回展覧会が札幌女子尋常高等小学校（北１条西４丁目）で開かれ、有島は夕暮れの海を題材にした油絵を出品した。この作品に強く惹かれた17歳の少年がいた。名前を木田金次郎といった。

木田はその海の絵にすっと心が吸い込まれる気がして立ち尽くした。やがて絵の下にある有島武郎という作者の名が心に刻まれた。

そのころ木田は、東京での中学生活を引き揚げて故郷岩内に帰る途上。友人である滝谷源一郎の下宿に居候していた（北１条東４丁目付近）。彼は毎日、写生をするために札幌をめぐっていた。東へ豊平橋を渡って白石村の方へ向かったり、農科大学や植物園のまわりで画帳を広げ、北に茫漠と広がっていた石狩平野をながめたり。時には軽川（現・手稲）近くまで足を伸ばした。

ある日、東に向かった写生の帰り道で、リンゴ園の一角に思いがけないものを発見する。有島武郎という表札を掲げた一軒家だ。胸が高鳴った。あの絵を描いた先生だ。もしかしたら先生はそのあたりにいるのではないか。家の中にいるのなら、ガラス窓越しに少しでも姿が見えないだろうか。無意識に家のまわりを何度も行き来していた。

なんとか訪ねてみたい。意を決した木田は、それからまもないある午後、札幌で描いた絵を全部風呂敷に包んで部屋を出た。ほんとうは朝出発したかったのだが、怖じ気づいた気持ちを奮い立たせて、ようやく決心が固まったのは昼過ぎだった。

気が急《せ》いて豊平橋が近づくまでは早足だったが、急に不安に襲われた。いきなり訪ねていって、先生はいるだろうか。いたとしても自分になど会ってくれるだろうか。最初に何と言えば良いのだろう。そうこうしているうちに門の前まで来てしまった。それ以上進む勇気が出ない。気がつけば豊平橋のたもとまでまた引き返してしまっていた。サケの一群が背腹をひるがえしていた。

ようやく玄関に入ると、書生が出てきた。

「先生はおいでですか？」

ほどなく有島が下りてきて、2階の書斎に導かれる。東と南に開けた窓からは、リンゴの梢越《こずえ》しに遠くの山並みや月寒の丘が望め、隅には薪ストーブが取り付けてあった。緊張でかすれそうな声をふりしぼった。

「絵を見ていただきたくて来ました」

「そうですか」

有島は軽くうなずきながら、「どうぞ見せてください」と言った。風呂敷包みからひと束になった絵を取り出すあいだ、有島は薪をストーブに投げ入れる。部屋はやがて心地よく暖まっていった。

有島はひと目で十分興味を引かれた。木田が取り出す一枚一枚を壁にピンで止めたり立てかけたりして見入った。

「個性的な見方をしている」

やがて夫人を招き入れると、夫人も言葉少なく、しかし一枚一枚食い入るようなまなざしを向けた。持参した作品をひととおり見終わると、有島は木田に、自ら見聞してきたヨーロッパ絵画について語った。木田は、大好きなミレーの話はひと言も聞き漏らしたくなかった。さらにセザンヌの複製画を見せられ衝撃を受ける。

門のところまで送られて有島邸を辞したのは夕方近かった。門を入るときに心をふさいでいた不安や心細さは、跡形もなかった。

木田の恩師

木田金次郎が絵を描くようになったのは7歳のころ、父の漁場で働く漁夫が描いた日本画に惹かれたのがきっかけだった。岩内には、市井の人々が日常的に筆を持ち、それを愛でたり楽しむ人々がたくさんいた。10歳で母を失った木田は、わんぱくぶりばかりが目につく少年だったが、岩内尋常高等小学校高等科2年のときに、柏村信という若い教師と出会う。

山口県出身で山口村（現・札幌市手稲区）に入植した家族の一員だった柏村は、勉学の才に恵まれた努力の人で、東京の第一高等学校を卒業したあと、さらに学費を得るために岩内で2年間訓導を務めていた。木田少年は、スポーツにも秀でたこの青年教師にすっかり心を奪われ、勉強に体育、そして絵においても人が変わったように熱心に打ち込むようになる。小学校を卒業すると、学問にもどるために前年に上京していた柏村を追って、開成中学校に入ることができた。柏村は東京帝国大学工学部で学んでいたが、木田は上野公園に近い柏村の下宿に転がり込む。

この時代（1908～10年）、上野の竹の台陳列館では文展をはじめとしたさまざまな展覧会が開かれていた。また、ヨーロッパに渡った荻原守衛（彫刻家）や高村光太郎（詩人・彫刻家）、藤島武二（画家）、有島武郎の次弟壬生馬（生馬）といった新世代の若い芸術家たちが帰国していた。セザンヌやルノワールなど後期印象派の絵画にもふれた彼らは、東京で意欲的な活動を起こしていた。海軍士官をめざして柔道にも打ち込んだ木田は、こうした空気を存分に吸収しながら、上野の森で盛んにスケッチを重ねている。

しかし実家の経済事情が逼迫《ひっぱく》して、東京生活はやがて許されなくなる。築港工事の設計ミスによって、木田家の漁場に土砂が流れ込み、漁獲が大幅に減少してしまったのだ。開成中学2年に進んだ1909（明治42）年には京北中学の3年に編入するが、これには身体検査で乱視が見つかり士官への夢が断たれたことと、世話役の柏村が、少しでも早く中学を卒業させようと編入をすすめたことがあったという。

その後のふたり

木田より15歳上の有島は、木田が訪ねて来た年には32歳。留学から帰ったエリート青年が、いよいよ妻を迎えて新居を構えた時期だが、有島の暮らしもまた、それほどおだやかなものではなかった。その春には同人として参加した「白樺」が東京で創刊された。彼は大学教員を務めながら作家として身を立てることを考えはじめている。そしてアメリカ留学中から思考を深めていた信仰では、札幌独立基督教会を退会するという重大な決断を下した。札幌農学校時代、学友森本厚吉に導かれながら、父親の強い怒りに抗っても選んだ信仰の道が、ここで途絶えたのだった。また、「白樺」のために構想していた「或る女のグリンプス」（のち『或る女』と改題）を書き進めて、長男も誕生した。のちの名優森雅之だ。

有島を訪ねたあと、木田は漁の働き手として忙しい日々をおくった。木田の子ども時代、岩内は前浜のニシンに加えて、タラを中心にした沖合漁業の基地としても栄えていた。ニシン漁夫とちがってタラ釣りの出稼ぎ漁夫は粋な洒落者が多く、漁期のまちはたいへんな活気にあふれたという。しかしやがてタラは獲れなくなりスケトウに軸が移る。木田の青年時代でも、当時の漁船はまだ動力船ではない。手漕《てお》ぎの川崎船だから、毎年漁期が始まると、沖の漁場めがけて火の出るような必死な競漕が繰り広げられた。

翌年の春には、有島から手紙が届いた。「あれからどうですか、会心の作を見せていただくことを首を長くして待っています」という内容で、「ちょうど札幌に武者小路実篤と高村光太郎が来るので出てきませんか」と呼びかけられたが、木田は行けなかった。翌年の秋、有島は黒百合会第5回展にロダンのブロンズ像とデッサンを出品し、また木田に来札を呼びかけたが、これにも応えられなかった。それどころではなかったのだ。例えば1912（明治45）年5月にはニシンの刺網漁船を春の嵐が襲い、百隻あまりの船と136人の命が失われてしまった。漁師たちの暮らしは死と隣り合っていた。

岩内神社の夏祭りが終わると、イカ漁の出稼ぎがはじまる。木田は雇われの漁夫として、南へ太櫓《ふとろ》（現せたな町）や松前の原口や江良、北は積丹あたりまでを行き来して家計を助けた。きびしい労働の日々で、青年の心身はいやがうえにもぶ厚く鍛え上げられていく。長い出稼ぎに出るとき木田は、行李《こうり》の底に高村光太郎が訳した『ロダンの言葉』やウォルト・ホイットマンの詩が掲載された雑誌「白樺」をしのばせていた。有島を訪ねてから数年の歳月はこうして早瀬のように去って行った。だがしかし、絵画への情熱が衰えることはなかった。

　きびしい労働によって消耗していく苦しい生活の中で、木田がふたたび絵に力を入れることができたのは24歳の夏。漁の合間を必死に見つけて岩内近郊でスケッチを重ねるなかで、なんとかして本格的な絵の勉強をしたいという思いが深まっていく。そして秋には有島に、手紙を添えて2冊の鉛筆素描のスケッチブックを送った。手紙には、東京に出て仕事を見つけて、働きながら絵の勉強をしたい、という熱い気持ちをしたためた。

再会

　木田からのスケッチと手紙が届く少し前。1914（大正3）年に有島の父の武は、北海道拓殖銀行からの担保流れの土地を買って、第2農場としていた（これで総面積440ヘクタール）。有島はこの年の夏、家族、両親とともに、父の郷里である鹿児島の川内《せんだい》をはじめて訪れた。それからほどなくして妻の安子が発病。鎌倉で転地療養することを決め、札幌を離れる決心をした。

　学生生活と社会人のスタート時代をすごした札幌を、有島はこうしてあとにする。さらに1916年の年明けには父の体調が悪化。そのうえ6月には安子が大喀血して、8月にはついに亡くなってしまう。わずか27歳だった。そして年末には、今度は父の武が胃がんで世を去った。この年有島は、妻と父を一度に失ってしまったのだった。一方で、つねに強烈な父権で武郎の人生に影響を与えていた父の死は、武郎の人生から過剰な重荷を取り除くことにもなった。

　翌1917（大正6）年、3人の子供を抱えた生活を立て直すために、有島は多忙な日々を送る。父の遺産の整理をしながら、『惜しみなく愛は奪ふ』や『カインの末裔』など、のちに代表作となる仕事に取り組んだ。

　木田からの手紙とスケッチブックが届いたのはそんな中だ。すぐ返事を書いた。それは、「御製作には感心しました。弟生馬にも見せました。是《と》れも感心して居ました」とはじまり、東京に出たいという木田の思いに対して、「そこで小生の意見を申上ます」とつづける。有島は、東京に出るよりも岩内で勉強を続けた方が良い、「君の畫（画）のように既に立派な特色を備へた畫は余計な感化を受けないで純粋に発達させた方が遙かに利益だと思ひます」と諭した。東京で多少知識を増やすことよりも、「その地に居られてその地の自然と人とを忠実に熱心にお眺めなさる方がいいに決って居ます」。

手紙は、まもなく北海道に行くと告げていた。「一度僕の農場に来ませんか。僕の所は狩太村ですから岩内からは遠くはありません」

木田が有島農場を訪ねたのは初冬の11月12日。岩内軽便線で小沢《こざわ》まで行って、そこから北海道鉄道（現・函館本線）に乗り換えて狩太へ。駅に降り立ったのは、氷雨が吹雪に変わりつつある夕方だった。農場まで2キロと少しの道を歩き始めたが、高原の開墾地への道は溶けた雪で泥の川のようになっていた。しかし、一日としてその面影を忘れたことのない人をようやく訪ねる胸の高まりが、足を急がせる。やがて陽は落ち、あかりひとつない夜道を進むと、木田は薄暗い事務所の土間に立った。『生れ出づる悩み』でそのシーンをなぞってみよう。来客を告げられて事務所に入った有島は、記憶の中の木田とはまったくちがう見知らぬ大男に戸惑う。期待は失望と苛立ちに変わっていく。

部屋に這入《はい》って二人が座についてから、私は始めて本統にその男を見た。男はぶきっちょうに、それでも四角に下座に坐って、叮嚀《ていねい》に頭を下げた。

「暫《しば》らく」

八畳の座敷に余るような鏽《さび》を帯びた太い声がした。

「あなたはどなたですか」

大きな男はちょっときまりが悪そうに汗でしとどになった真赤な額を撫《な》でた。

「木本です」

「え、木本君!?」

夢が現実に押しつぶされそうになっていた7年前の内向きに屈折した面影はどこにもない。そして男のたたずまいは、送られたスケッチの筆致が想像させたような研ぎ澄まされた神経とも無縁だった。

ふたりは夕食をとりながら言葉を交わしはじめる。木田の実家の漁業のきびしい状況と夢への迷いを静かに聞きながら、有島は彼を勇気づけ、さらに、君の生活と仕事は北海道の自然に徹して育てるのが良い、と手紙につづったことを重ねた。有島は金銭的な援助をしようとも言ったが、木田はそれは辞退した。

『生れ出る悩み』の誕生

次の年（1918・大正7年）の3月。時化で漁がなかったために理容店に入った木田は、そこにあった「東京日日新聞」で思いがけないものを見る。『生れ出る悩み』と題された有島の連載小説の初回だった。どきどきしながら読み進めると、どう考えても自分のことが書かれている。しかしそのときは、これは創作ではなく旅行記のようなものだろうと思った。けれども、苦しい生活の現実に引き裂かれた青年の苦悩が描かれた連載が続き、岩内のことも出てくるので友人たちが話題にしはじめた。「君」として出てくるのは木田のことだ！　まちの人々にも知られていくと、木田の毎日は得体の知れないような戸惑いで揺さぶられるようになる。ほどなくして有島から、「相談もなく書いてしまったことを許してほしい。もとよりこれはあなたの伝記ではなく、あなたから暗示を受けた小説です」という手紙が届いた。有島は狩太での再会のあとすぐ、苦悩にもがきながら必死に前進しようとする木田の姿に触発されて、彼を主題にした小説を構想したのだった。

『生れ出る悩み』は「大阪毎日新聞」で2日早く連載が始まり、関西でも読者を引きつけた。しかし、有島の急病のために4月末、32回でいったん中断。その後新聞の原稿を改稿した上で書き進められ、秋には『有島武郎著作集第六輯』（叢文閣）の中の一篇として本になった。これ以降木田は、『生れ出る悩み』のモデルとなった青年として知られていくことになる。

ふたりの交友はさらに深まっていった。1919年2月。有島は東京で、「木田金次郎氏習作品展覧会」を開いた。自宅の敷地にあった下の弟佐藤隆三の住まいを2日間使い、木田から送られていたデッサン35点が2列に壁に掛けられた。めぼしい人々に前もって案内状を出していたので、2日間で125人もの観覧者があった。結果について有島は、参観者の記名の巻紙とともに、長文の手紙で報告している。この年の夏には、有島は子どもたちをつれて来道して木田とも再会したし、秋の黒百合会第12回展覧会には木田の作品も出展された。

1921(大正10)年の秋、東京の画壇に実際にふれることを薦められていた木田は上京。有島邸に滞在した。帰ったあとに有島が書いた手紙にはこうあった。東京では「どれ程いゝ加減なものが横行してゐるか。それが横行してもお茶がにごせる程に自然を本当に見ることゝ見た真似をすることとの間に区別が一寸つき難いものであるか。又兄《けい》が今後どれ丈《だ》けの自信と勉強とを以而《もって》仕事に没頭すべきであるかを今度之御滞京は可なりはつきりさせたと思ひます」

有島の死

そして翌年の夏、有島は重要な目的で来道した。狩太にもつ有島農場を小作人たちに解放するのだ。7月18日、有島は小作約70戸を農場の社である弥照《いやてる》神社に集めて、土地を全員で共有することを条件に、いま営んでいる土地を無償で解放する、と発表する。驚くべき宣言だった。有島は、単純に土地を小作の頭数で割って私有財産とするのではなく、全員が畑に自らの責任と喜びを感じて、助け合いながら生産に取り組んでほしいと訴えた。

38歳で直面した父の死によって重圧から解放された武郎にとって、農場解放はかねてからの念願の実現にほかならなかった。

実はその前日、有島来道の機を得た木田は仲間をつのって有島を岩内に招き、2回の講演を実現させる。有島の来町は青年たちに強い印象と刺激をもたらした。そのあと10月には、有島は個人雑誌「泉」の刊行をはじめる。新聞社や出版社からの注文に頼らずにより主体的な執筆活動を展開しようとする、文壇の中でも画期的な試みだった。

岩内での講演会のインパクトがまだ醒めないころに「泉」が発刊されると、木田を中心に購読者が増えていった。まちの青年たちは誌名の「泉」にちなんだ「白水会」(「泉」を「白」と「水」に分けた)という文化グループを結成する。中心メンバーには木田のほかに、実家が盛業の雑貨商でのちに岩内町郷土館の初代館長を務める佐藤彌十郎や、札幌の今井呉服店の縁戚でのちに北海道初の画材店銀嶺荘を札幌に開く今井卯八、岩内の開業医で俳人の泉天郎などを中心に、数十人の青年たちが集まった。会は、同時代の思想や文学、政治などを学び合う啓蒙団体として成長し、現代までつづく岩内の文化運動の軸となっていく。

1923（大正12）年7月8日、木田は衝撃的な知らせを受ける。のちに「地面が足下からわれてしまつたのではないかと思はれた様な驚き」と書いたが、有島が軽井沢の別荘浄月庵で、既婚者である「婦人公論」の記者波多野秋子と心中して、遺体が発見されたというのだ。心中を決行したのはそのひと月前だった。木田はただちに上京して、葬儀にかけつけた。

最終的に木田金次郎という画家を生み出したのは、この有島の死だった。当時の岩内はきびしい不漁に見まわれていたが、退路を断って筆一本で生きていく決心を固めるのに、有島の死は十分すぎる意味を持っていた。

薩摩から見える北海道

武郎の両親、有島武と幸子は7人の子どもをもうけた。長男が武郎で、長女愛子、次男が画家の生馬。四男の英夫は母の弟の山内家に入り、のちに作家里見弴となる。

武と幸子の結婚で媒酌人を務めたのは新渡戸稲造の叔父、太田時敏だ。有島武は、薩摩藩の一支族で外城《とじょう》主の一家である北郷《ほんごう》氏に仕える下級武士だった。武が6歳のとき父の宇兵衛は御家騒動に巻き込まれてトカラ列島の臥蛇島《がじゃじま》に流罪となり、その後も不遇の生涯を送った。武は罪人の子として辛苦をなめるが、人一倍勤勉に学問に取り組むことで代替わりした領主に引き立てられ、江戸や長崎で蘭学や砲術を学ぶことができた。維新のあとは明治政府に出仕。強い意志とすぐれた知性をもつ下級武士が、維新を泳ぎ切って明治の世に驚くような出世を重ねる姿は、まさに近代国家勝ち組のモデルのような人生だ。武は横浜税関長、国債局長を歴任するものの、時の大蔵大臣渡邉国武と衝突して野に下る。51歳だった。長く官職にあった武は、まだ日本に存在していなかった商工会議所や官営製鉄所の設立を強く提言し、鉄道国有

上：旧有島農場に隣接する王子製紙尻別第一発電所。1921（大正10）年に建設され、翌年には農場解放を宣言するために狩太を訪れた有島が見学している

下：有島が農場解放を宣言した弥照神社。有島がこの場所を選定し、1916（大正5）年に宮山から移設した。現在は旧小作人の子孫などによる有島謝恩会の手で維持されている

化や欧米との関税や為替レートの問題にも激しい情熱をもって取り組んだ。その後は薩摩閥の大物松方正義らの推薦もあって、島津家の役職を形式的に与えられ、日本鉄道や十五銀行、日本郵船の役員として実業界で活躍した。有島農場の開墾を出願するのはこの時代だ。武郎には両親のことをつづった随筆がある（『私の父と母』）。

父は他の血を混えない純粋の薩摩人と言ってよい。（中略）一時にある事に自分の注意を集中した場合に、ほとんど寝食を忘れてしまう。国事にでもあるいは自分の仕事にでも熱中すると、人と話をしていながら、相手の言うことが聞き取れないほど他を顧みないので、狂人のような状態に陥ったことは、私の知っているだけでも、少なくとも三度はあった。

武郎らから見て父は、激情的な倫理観の持ち主でもあった。日本鉄道の副社長時代、四男英夫（里見弴）が、社員の家族だけが使える鉄道パスを友人に使わせてそれがばれたことがあったが、武は火の出るような怒りを浴びせた。感情の振幅が大きくまわりをハラハラさせたが、家族がもっとも困ったのは「ふさぎの虫の発作」だったという。

鹿児島大学名誉教授（日本近代文学）でかごしま近代文学館・メルヘン館アドバイザーの石田忠彦さんは、「かつて武のような薩摩の下級武士の暮らしは農業が基盤にあり、時が来たれば鍬を刀に持ち替える半農半士だった」と教えてくれた。その上で薩摩士族の精神には、農本の思想が流れていた。父が流罪の身にあった貧窮の子ども時代を経て維新の激動をくぐり抜け、10人以上の扶養家族をかかえていた武にとって、家族が生きる基盤にはやはり大地が必要だった。石田さんは、薩摩出身の不在地主たちの存在は、新興資本家の利殖としてだけではなく、農業や帰農という薩摩の文脈から考えると、より興味深いと言う。

そのことをさらに強調するために石田さんがあげるのが、農場開設をめぐって武にアドバイスをした薩摩閥の重鎮、湯地定基だ。薩摩藩の藩医の長男として生まれた湯地は明治初頭、藩費でイギリスとアメリカに学び、アメリカではマサチューセッツ州立農科大学で、のちに札幌農学校初代教頭となるウィリアム・クラークに農政学を学んだ。開拓使が廃止されて北海道が三県に分かれると、湯地は根室県県令（知事）に就いた。根室在任中、湯地は米の穫れない道東の風土に最適な作物として馬鈴薯の栽培を進め、「いも判官」と呼ばれる。湯地は北海道のじゃがいもの生みの親なのだ。退官後は角田村（現・栗山町）に自ら農場を拓く。栗山町にはいまも湯地の地名が残っている。

薩摩川内市（鹿児島県）の有島武生誕の地には、有島武頌徳碑がひっそりと立っている。武のことが知りたくて川内まごころ文学館の学芸員 財部《たからべ》智美さんを訪ねると、有島武のことは残念ながら鹿児島でもそれほど知られていなく、館としてさまざまな企画に取り組んできたことを告げられた。財部さんは、有島武郎や生馬、里見弴らの活動にはまちがいなく武の血が流れていて、そのこと全体の意味を川内から発信していきたいと強調した。そこからは、薩摩と北海道とのかかわりも、新たな視座で見えてくるだろう。そして補助線に有島と木田のかかわりを引けば、日本の近代が作った内国植民地である北海道の姿が、よりリアルに見えてくる。

有島家の人々や北海道への入植者たちのように、日本の近代を動かしたのはおびただしい人間の移動の連なりだった。一方で北陸からの移民の子だった木田金次郎は、生涯どんな会派にも属さず、岩内に留まりながら郷土を描き続けた。木田はともすれば孤独を愛した孤高の画家だったと思われるかもしれない。しかし木田は岩内に深く根ざすことで、有島をはじめとするさまざまな芸術家や友人たちとつながることができた。「旅される人」は、たくさんの「旅する人」を積極的に招き寄せることでつねに世界と結ばれ、岩内のまちと木田という人物を「旅した人」も、岩内と木田から大きな影響を受けていたのだ。

悩みの先へ

札幌農学校時代に武が自分のために農場の計画を進めたとき、武郎は感激する一方で、自分はまだ父の恩にも応えていないと苦しんでいる。しかしやがてロシアの思想家ピョートル・クロポトキンの相互扶助の思想などに接近しながら、小作制度の矛盾を自覚していった。小作を苦しめるばかりの農場が、心に大きな負担となっていく。１９２３年に書かれた『親子』は、農場経営をめぐる武と武郎の考え方のちがいをそのままぶつけ合わせた小説だ。

深い畏怖と敬意、そして滾《たぎ》るような反発と軽蔑。武郎の精神と行動には、強い父に対する複雑な心情が渦を巻いていた。『親子』の終盤にはこんな一節がある。

> 私は全くそうした理想屋です。夢ばかり見ているような人間です。……けれども私の気持ちもどうか考えてください。私はこれまで何一つしでかしてはいません。自体何をすればいいのか、それさえ見きわめがついていないような次第です。ひょっとすると生涯こうして考えているばかりで暮らすのかもしれないんですが、とにかく嘘をしなければ生きて行けないような世の中が無我無性にいやなんです。

意を決して父と向き合い、小作制度の矛盾に対する思いをぶつける主人公は、まだ何者でもない自分への不安と苛立ちに突き動かされている。そしてそのふるまいは、作家となることを望みながら、生活と芸術のはざまで煩悶していた有島自身を、木田の青春と深く響き合わせる。

何かに生まれ出ようとするとき、人はたくさんの悩みと苦しみを抱えるだろう。重荷を負って立ち尽くすのか、あるいは歯を食いしばって前進するのか。小説の最終盤で有島が書くように、決断は自分しかできない。そしてその決断は、不意に訪れる出会いによって導かれることもあるだろう。挑むことに意味があるとすれば、苦しむことにも意味がある。

希望と絶望、そして快楽と苦悩は、いつも相互に浸透している。『生れ出づる悩み』が指し示している複雑な希望をわが身に取り込むことができるのは、この小説と向き合うひとりひとりの読者しかいない。

III〈読む〉

生れ出る悩み

1910（明治43）年、上白石・有島邸にて。左から武郎の父・武、母・幸子、武郎、妻・安子
（有島記念館蔵）

「大阪毎日新聞」連載版『生れ出る悩み』について

有島記念館主任学芸員　伊藤大介

有島武郎の代表作の一つと称される小説『生れ出づる悩み』は、１９１８（大正７）年に「大阪毎日新聞」（３月16日から４月30日）および「東京日日新聞」（３月18日から５月１日）連載の新聞小説をその始まりとしている。この連載は、有島の罹患により32回で中断するもの、同年中に改稿と結末追補の上、『有島武郎著作集第六輯　生れ出る悩み』（叢文閣）［以下「著作集」］として刊行された。なお、本項で掲載した「大阪毎日新聞」連載時の挿絵は有島自身の作といわれている。

本作は、有島とのちの画家・木田金次郎とが１９１０（明治43）年に札幌で奇跡的な出会いを果たし、７年後に再会した事実を基に脚色されている。そこでは、木田をモデルとした主人公である漁夫が、実生活と芸術活動との間で葛藤しながらも芸術家として世に出ようと苦悩する姿が、真に迫った自然描写とともに描き出されている。有島は本作執筆時、教員を辞して本格的に小説家として歩み出した時期であった。この主人公の苦悩は、同時に有島自身の芸術家としての心情もまた投影したものと言える。

木田は新聞小説（「東京日日新聞」版）を偶然読み、主人公のモデルが自分とは思いながら、「（前略）むしろ気味わるいような不安な気持のうちにまつようになっ

木田が訪問した上白石（現在の札幌市白石区菊水1条1丁目）の旧有島邸は、現在、北海道ゆかりの歴史的建造物を保存する野外博物館「北海道開拓の村」（札幌市厚別区）に移設・展示されている

ていた」（木田金次郎「『生れ出づる悩み』の頃」）という。本作は読者の心をつかんでベストセラーとなり、同時に木田はモデルとして広く知られるようになる。有島の没後、木田は漁夫生活から次第に離れ、画家として故郷である北海道・岩内の自然と深く対峙する。そして、「モデル画家」という殻を自ら打ち破り、画壇に孤高の地位を築くことになるのである。

本書に収録した『生れ出る悩み』は、大阪毎日新聞連載の32回分に、前述の理由により中断した結末を「著作集」当該部分から追補して、物語を成立させた。底本は大阪毎日新聞掲載紙および「著作集」初版である。誤植と推定される箇所は適宜、全集などを参照して訂正しているほか、一部用語を統一した。表記は旧かな遣いを現代かな遣いに、旧字体を新字体に改めている。ルビは、当時の新聞の形態である総ルビを生かし、「著作集」追補部分にも配することで両者の一体性と現代人にとっての可読性を高めた。なお作品名の表記については、後年発行の書籍（現在は集英社文庫、新潮文庫など所収）では『生れ出づる悩み』とするものが多いが、本項においては新聞連載および著作集刊行時の『生れ出る悩み』とした。

本作を新聞連載という作品が生まれ出た当時の姿で味わってもらいたい。新聞連載時と単行本刊行時の文章との間には、表現の差異を多く見出すことができる。それらを比較し、有島の思考の痕跡——有島がどのように言葉を紡ぎ直しているのか——を見つけることもまた一興であろう。そこには、作家が作品表現をより高めようとする苦悩が投影されているのである。

有島は突然訪問した木田をこの2階の部屋に招き入れ、妻・安子とともにその絵を観たという（2階部分は非公開）

生れ出る悩み

一

私《わたし》は自分《じぶん》の仕事《しごと》を神聖《しんせい》なものにしようとしていた。ねじ曲《まが》った自分《じぶん》の心《こころ》をひっぱたいて出来《でき》るだけ延《の》び延《の》びした真直《まっすぐ》な明《あか》るい世界《せかい》に出《で》て、そこに自分《じぶん》の芸術《げいじゅつ》の宮殿《きゅうでん》を築《きず》き上《あ》げようと藻掻《もが》いていた。然《しか》しそれは私《わたし》にとってどれ程《ほど》な苦《くる》しい喜《よろこ》びだったろう。私《わたし》の心《こころ》の奥底《おくそこ》にはたしかに——凡《すべ》ての人《ひと》の心《こころ》の奥底《おくそこ》にあると同様《どうよう》な——火《ひ》が燃《も》えてはいたけれども、その火《ひ》をくすぶらそうとする塵芥《ちりあくた》の堆積《たいせき》はひどいものだった。私《わたし》は机《つくえ》の前《まえ》の窓《まど》から、冬《ふゆ》が来《き》て雪《ゆき》に埋《う》もれて行《ゆ》く、一面《いちめん》の畑《はたけ》を見《み》わたしながら、滞《とどこお》りがちな筆《ふで》を叱《しか》りつけ叱《しか》りつけ運《はこ》ばしていた。

寒《さむ》い、原稿紙《げんこうし》の手《て》ざわりは氷《こおり》の板《いた》のようだった。

陽《ひ》はずんずん暮《く》れて行《ゆ》きつつあった。灰色《はいいろ》から鼠色《ねずみいろ》に、鼠色《ねずみいろ》から黒《くろ》にぼかされた大《おお》きな紙《かみ》を目《め》の前《まえ》にかけて、上《うえ》から下《した》に一気《いっき》に視線《しせん》を落《おと》して行《ゆ》く時《とき》に感《かん》ずるような速《はや》さで、昼《ひる》の光《ひかり》は夜《よる》の闇《やみ》に変《かわ》って行《ゆ》こうとしていた。午後《ごご》になったと思《おも》うまもなくどんどん暮《く》れかかる北海道《ほっかいどう》の冬《ふゆ》を知《し》らないものにはこの気味悪《きみわる》い淋《さび》しさは分《わか》るまい。ニセコアンの丘陵《きゅうりょう》の裂《さ》け目《め》から驀地《まっしぐら》にこの高原《こうげん》の畑地《はたち》を目《め》がけて吹《ふ》きおろして来《く》る風《かぜ》は、割合《わりあい》に粒《つぶ》の大《おお》きい、初冬《しょとう》の雪片《せっぺん》を煽《あお》り立《た》て煽《あお》り立《た》て横《よこ》ざまに舞《ま》い飛《と》ばした。雪片《せっぺん》は暮《く》れ残《のこ》った光《ひかり》の迷《まよ》い子《ご》のように、チカチカした印象《いんしょう》を見《み》る人《ひと》の眼《め》に与《あた》えながら、散々《さんざん》飛《と》び廻《まわ》った悪戯者《いたずらもの》らしい元気《げんき》にも似《に》ず、降《ふ》りたまった積雪《せきせつ》の上《うえ》に落《お》ちるや否《いな》や、寒《さむ》い薄紫《うすむらさき》の死《し》を死《し》んでしまった。ただ窓《まど》に来《き》てあたるものだけがサラサラサラサラというささやかな音《おと》を立《た》てるだけで、他《た》の凡《すべ》ての雪片《せっぺん》は皆唖《みなおし》だ。快活《かいかつ》らしい白《しろ》い唖《おし》の群《むれ》の舞踏《ぶとう》——それは見《み》ている人《ひと》を涙《なみだ》ぐませる。

私《わたし》は筆《ふで》をとめては窓《まど》の外《そと》を見《み》た。而《そ》して君《きみ》の事《こと》を思《おも》った。

私《わたし》が始《はじ》めて君《きみ》に遇《あ》ったのは私《わたし》がまだ札幌《さっぽろ》に住《す》んでいる頃《ころ》だった。私《わたし》の借《か》りた家《いえ》は札幌《さっぽろ》の町外《まちはず》れを流《なが》れる豊平川《とよひらがわ》という川《かわ》の対岸《たいがん》にあった。その家《いえ》は堤《つつみ》の下《した》にあって、大《おお》きな林檎園《りんごえん》の内《うち》に建《た》ててあった。そこにある日《ひ》の午後《ごご》君《きみ》は尋《たず》ねて来《き》たんだった。君《きみ》

は少《すこ》し不機嫌《ふきげん》そうな、口《くち》の重《おも》い、疳《かん》で背《せ》丈《た》けが延《の》び切《き》らないといったような少年《しょうねん》だった。汚《きたな》い中学校《ちゅうがっこう》の制《せい》服《ふく》の立襟《たてえり》のホックをうるさそうに外《はず》したままにしていた。それが殊《こと》にはっきり私《わたし》の記憶《きおく》に残《のこ》っている。

　君《きみ》は座《ざ》につくとぶっきらぼうに自《じ》分《ぶん》の描《か》いた画《え》を見《み》て貰《もら》いたいといい出《だ》した。君《きみ》は抱《かか》え切《き》れない程《ほど》油絵《あぶらえ》や水彩画《すいさいが》を持《も》って来《き》ていた。君《きみ》は自《じ》分《ぶん》を虐《しいた》げて平気《へいき》な人間《にんげん》のように、風《ふ》呂敷包《ろしきづつみ》の中《なか》から乱暴《らんぼう》に画《え》をぬき出《だ》して私《わたし》の前《まえ》に置《お》いた。而《そ》してじっと私《わたし》の顔《かお》を見《み》つめていた。明《あか》らさまにいうが、その時《とき》私《わたし》は君《きみ》をいやに高慢《こうまん》な男《おとこ》だと思《おも》った。而《そ》して君《きみ》の方《ほう》には顔《かお》も向《む》けないで、差出《さしだ》された画《え》を拠《よんどころ》なく取《と》り上《あ》げて見《み》た。

二

　一眼《ひとめ》見《み》て驚《おどろ》いた。何等《なんら》の練習《れんしゅう》も経《へ》ない幼稚《ようち》な技巧《ぎこう》ではあったけれども、その中《なか》には不思議《ふしぎ》な力《ちから》が籠《こも》っていてすぐ私《わたし》を襲《おそ》ったからだ。私《わたし》は画《が》面《めん》から眼《め》を移《うつ》して君《きみ》の顔《かお》を改《あらた》めて見《み》直《なお》さないではいられなくなった。で、そうした。君《きみ》はその時《とき》不安《ふあん》らしいその癖《くせ》意地《いじ》張《は》りな眼付《めつ》きをして矢《や》張《は》り私《わたし》を見続《みつづ》けていた。

「如何《どう》でしょう。それなんぞは下《くだ》らない出来《でき》だけれども」

　そう君《きみ》は如何《いか》にも自分《じぶん》の仕事《しごと》を軽《けい》蔑《べつ》するようにいった。もう一度《いちど》明《あか》らさまにいうが、私《わたし》は一方《いっぽう》で君《きみ》の画《え》に喜《よろこ》ばしい驚《おどろ》きを感《かん》じながらも、いかにも思《おも》い昂《あが》った君《きみ》の物腰《ものごし》には一種《いっしゅ》の反抗《はんこう》を覚《おぼ》えて一寸《ちょっと》皮肉《ひにく》が云《い》いたく

なった。「下《くだ》らない出来《でき》が是《こ》れほどなら、会心《かいしん》の作《さく》といったら大《たい》したもんでしょうね」とか何《な》んとか。然《しか》し私《わたし》は幸《さいわい》にも咄嗟《とっさ》にそんな言葉《ことば》で自《じ》分《ぶん》を穢《けが》す事《こと》を遁《のが》れたのだった。それは私《わたし》の心《こころ》が美《うつく》しかったからではない。君《きみ》の画《え》が何《な》んといっても君《きみ》に対《たい》する私《わたし》の反感《はんかん》に打勝《うちか》って私《わたし》に迫《せま》っていたからだ。

　君《きみ》が其時《そのとき》齎《もたら》した多《おお》くの画《え》の中《なか》で今《いま》でも私《わたし》の心《こころ》の底《そこ》に残《のこ》っている一枚《まい》がある。それは八号位《ごうくらい》のカンバスに描《えが》かれたもので、軽川《がるがわ》あたりの泥《でい》炭地《たんち》の晩秋《ばんしゅう》の風景《ふうけい》だった。地平線《ちへいせん》の低《ひく》い荒涼《こうりょう》たる葦原《あしはら》の見亘《みわた》す限《かぎり》を一面《いちめん》に被《おお》うた霙雲《みぞれぐも》の隙間《すきま》から、午後《ごご》の日《ひ》がかすかに漏《も》れて、それが草《くさ》の中《なか》からたった二本《ほん》ひょろひょろと生《は》い延《の》びた白樺《しらかば》を力弱《ちからよわ》く照《て》していた。単色《たんしょく》を含《ふく》んで来《き》た筆《ふで》の穂《ほ》が不器用《ぶきよう》に画布《がふ》にたたきつけられて、そのまま けし飛《と》んだような手荒《てあ》な筆触《ひっしょく》で、自然《しぜん》には決《けっ》して存在《そんざい》しない白《はく》色《しょく》さえ他《た》の色《いろ》と練《ね》り合《あ》わされずにそのままべとりとなすり付《つ》けてあったりしたが、それでもじっと見《み》ていると、そこには作者《さくしゃ》の鋭《するど》い色感《しょくかん》が窺《うかが》われた。そればかりか、その画《え》が与《あた》える全体《ぜんたい》の効果《こうか》にも十分《じゅうぶん》纏《まとま》った気分《きぶん》があった。悒鬱《ゆううつ》――十六、七の少年《しょうねん》には哺《はぐく》めそうもない重《おも》い悒鬱《ゆううつ》を、見《み》るものはすぐ感《かん》ずる事《こと》が出来《でき》た。

「大変《たいへん》いいじゃありませんか」

　画《え》に対《たい》して素直《すなお》になった私《わたし》の心《こころ》は私《わたし》にこう云《い》わさないではおかなかった。

　それを聞《き》くと君《きみ》は心持《こころも》ち顔《かお》を赤《あか》くしたと私《わたし》は思《おも》った。が、すぐ次《つ》ぎの瞬間《しゅんかん》に君《きみ》は私《わたし》を疑《うたが》うような、自分《じぶん》を冷笑《あざわら》うような冷《ひや》やかな表情《ひょうじょう》をして、私《わたし》と画《え》とを暫《しば》らく等分《とうぶん》に見較《みくら》べるとふいと庭《にわ》の方《ほう》に顔《かお》をそむけてしまった。それは人《ひと》を馬鹿《ばか》にした仕打《しう》ちとも思《おも》えば思《おも》われない事《こと》はなかった。二人《ふたり》は気《き》まずく黙《だま》りこくってしまった。私《わたし》は所在《しょざい》なさに黙《だま》ったままで画《え》を眺《なが》めつづけていた。

「そいつは何所《どこ》んところが悪《わる》いんです」

突然《とつぜん》又《また》君《きみ》の無愛相《ぶあいそう》な声《こえ》がした。私《わたし》は今《いま》までのそぐわない気分《きぶん》から一寸《ちょっと》自分《じぶん》の意見《いけん》をいう気《き》になれないでいた。然《しか》し改《あらた》めて君《きみ》の顔《かお》を見《み》ると、云《い》わさないじゃ置《お》かないぞと云《い》うような真剣《しんけん》さがあった。少《すこ》しでも間《ま》に合《あ》わせを云《い》ったら軽蔑《けいべつ》してやるぞというような鋭《するど》さがあった。好《よ》し、それじゃ存分《ぞんぶん》に云《い》ってやるぞと私《わたし》もとうとう腹《はら》を据《す》えてかかるようになった。

三

その時《とき》私《わたし》は口《くち》に任《まか》せてどんな生《なま》意気《いき》をいったか幸《さいわい》な事《こと》には今《いま》は大方《おおかた》忘《わす》れてしまっている。然《しか》し兎《と》に角《かく》悪《わる》口《ぐち》として、非常《ひじょう》に未熟《みじゅく》な事《こと》、自然《しぜん》の見方《みかた》が不親切《ふしんせつ》な事《こと》、構想《こうそう》がセンティメンタル過《す》ぎる事《こと》などをならべたに違《ちが》いない。君《きみ》は黙《だま》ったままで眼《め》を光《ひか》らせながら私《わたし》のいう事《こと》を聞《き》いていた。私《わたし》が云《い》いたい事《こと》だけをあけすけにいってしまうと、君《きみ》は暫《しば》らく黙《だま》りつづけていたが、やがて口《くち》の角《すみ》だけに初《はじ》めて笑《わら》いらしいものを洩《も》らした。それが又《また》普通《ふつう》の微笑《びしょう》とも皮肉《ひにく》な痙攣《けいれん》とも思《おも》いなされた。

それから二人《ふたり》はまた二十分《ぶん》程《ほど》黙《だま》ったままで向《むか》い合《あ》って坐《すわ》りつづけていた。

「じゃ又《また》持《も》って来《き》ますから見《み》て下《くだ》さい。今度《こんど》はもっといいものを描《か》きます」

二十分程《ぶんほど》たってから君《きみ》が腰《こし》を浮《う》かせながらいった是《こ》れだけの言葉《ことば》はまた僕《ぼく》を驚《おどろ》かした。丸《まる》で別《べつ》な初《うぶ》な素直《すなお》な子供《こども》でもいったような無邪気《むじゃき》な明《あか》るい声《こえ》だったから。

不思議《ふしぎ》なのは人《ひと》の心《こころ》の働《はたら》きだ。この声《こえ》一つだった。この声《こえ》一つが君《きみ》と私《わたし》とを堅《かた》く結《むす》びつけてしまったのだった。私《わたし》は結局君《けっきょくきみ》を色々《いろいろ》に邪推《じゃすい》した事《こと》を悔《く》いながらやさしく尋《たず》ねた。

「君《きみ》は学校《がっこう》は何所《どこ》です」

「東京《とうきょう》です」

「東京《とうきょう》？　それじゃもう始《はじ》まってるんじゃないか」

「ええ」

「何故帰《なぜかえ》らないんです」

「如何《どう》しても落第点《らくだいてん》しか取《と》れない学《がっ》科《か》があるんでいやになったんです。それから少《すこ》し都合《つごう》もあって」

「君《きみ》は画《え》をやる気《き》なんですか」

「やれるでしょうか」

そう云《い》った時君《ときぎみ》はまた始《はじ》めのような強情《ごうじょう》らしい、人《ひと》に迫《せま》るような顔付《かおつ》きになっていた。

私《わたし》もそれに何《なん》と答《こた》えようもなかった。専門家《せんもんか》でもない私《わたし》が五、六枚《まい》の画《え》を見《み》ただけで、その少年《しょうねん》の未来《みらい》を如何《どう》して決《き》めてやる事《こと》が出来《でき》よう。私《わたし》は黙《だま》っていた。

「僕《ぼく》はその中郷里《うちくに》に——郷里《くに》は岩内《いわない》です——帰《かえ》ります。岩内《いわない》のそばに硫《い》黄《おう》の出《で》る所《ところ》があるんです。そこの景《け》色《しき》を僕《ぼく》は夢《ゆめ》にまで見《み》ます。その画《え》を送《おく》りますから見《み》て下《くだ》さい。……画《え》が好《す》きなんだけれども、下手《へた》だから駄《だ》目《め》です」

私《わたし》の答《こた》えないのを見《み》て君《きみ》は自分《じぶん》をたしなめるように堅《かた》い淋《さび》しい調子《ちょうし》でこういった。而《そ》して沢山《たくさん》の作品《さくひん》を目《め》茶苦茶《ちゃくちゃ》に風呂敷《ふろしき》に包《つつ》みこんで帰《かえ》っていってしまった。

君《きみ》を木戸《きど》の所《ところ》まで送《おく》り出《だ》してから私《わたし》は独《ひと》りで手広《てびろ》い林檎畑《りんごばたけ》の中《なか》を歩《ある》き廻《まわ》った。林檎《りんご》の樹《き》は熟《じゅく》した果実《かじつ》で枝《えだ》もたわわになっていた。或《あ》る樹《き》などは葉《は》が散《ち》り尽《つく》して、赤々《あかあか》とした果実《かじつ》だけが真裸《まっぱだか》で日《ひ》にさらされている。小春日和《こはるびより》の一日《にち》だった。私《わたし》の下駄《げた》に踏《ふ》まれて落葉《おちば》は乾《かわ》いた音《おと》を立《た》てながら折《お》れひしがれた。丁度《ちょうど》その時私《ときわたし》も生活《せいかつ》のある一つの岐路《きろ》に立《た》って疑《うたが》い迷《まよ》っていた時《とき》だった。私《わたし》は冬《ふゆ》を眼《め》の前《まえ》に控《ひか》えた自然《しぜん》の前《まえ》に幾度《いくど》も棒立《ぼうだ》ちになって、君《きみ》の事《こと》と自分《じぶん》の事《こと》とをまぜこぜに考《かんが》えた。兎《と》に角君《かくきみ》は妙《みょう》に強《つよ》い印象《いんしょう》を私《わたし》に残《のこ》して姿《すがた》を消《け》したのだ。

四

その後君《ごきみ》からは一度《ど》か二度《ど》問《と》い合《あわ》せの手紙《てがみ》か何《なに》かが来《き》たきりでぱったり消息《しょうそく》が絶《た》えてしまった。岩内《いわない》の方《ほう》から来《き》たという人《ひと》などに邂《あ》うと、私《わたし》はよくその港《みなと》にこういう名前《なまえ》の青年《せいねん》はいないか、その人《ひと》を知《し》らないかなぞと尋《たず》ねて見《み》たが、更《さら》に手《て》がかりがなかった。硫黄採掘場《いおうさいくつじょう》の風景画《ふうけいが》もとうとう私《わたし》の手許《てもと》には届《とど》いて来《こ》なかった。

こうして二年《ねん》三年《ねん》と月日《つきひ》がたった。而《そ》して如何《どう》かした拍子《ひょうし》に君《きみ》の事《こと》を思《おも》い出《だ》すと、私《わたし》は人世《じんせい》の旅路《たびじ》の淋《さび》しさを味《あじ》わった。一度《ど》兎《と》に角顔《かくかお》を合《あわ》せてある程度《ていど》まで心《こころ》を触《ふ》れ合《あ》った同《どう》志《し》が、一旦別《いったんわか》れるが最後《さいご》、同《おな》じこの地球《ちきゅう》の上《うえ》に呼吸《こきゅう》しながら永劫未来《えいごうみらい》復《ま》た邂逅《めぐりあ》わない……それは何《な》んという不思議《ふしぎ》な、淋《さび》しい、恐《おそ》ろしい事《こと》だ。人《ひと》とはいうまい、犬《いぬ》とでも、花《はな》とでも、塵《ちり》とでもだ。孤独《こどく》に親《した》しみ易《やす》い癖《くせ》に、何処《どこ》か殉情的《じゅんじょうてき》な人《ひと》なつっこい私《わたし》の心《こころ》は、如何《どう》かした場合《ばあい》に、この已《や》むを得《え》ない人間《にんげん》の運命《うんめい》をしみじみと感《かん》じて深《ふか》い悒鬱《ゆううつ》に襲《おそ》われる。君《きみ》も多《おお》くの人《ひと》の中《なか》で私《わたし》にそんな想《おも》いを起《おこ》させる一人《ひとり》だった。而《しか》も浅《あさ》はかな私等人間《わたしらにんげん》は猿《さる》と同様《どうよう》に物忘《ものわす》れする。四年《ねん》五年《ねん》という歳月《さいげつ》は君《きみ》の記憶《きおく》を私《わたし》の心《こころ》から綺麗《きれい》に拭《ぬぐ》い取《と》って仕舞《しま》おうとしていたのだ。君《きみ》は段々《だんだん》私《わたし》の意《い》識《しき》の閾《しきい》を踏《ふ》み越《こ》えて、潜在意識《せんざいいしき》の奥《おく》に退《しりぞ》き去《さ》ろうとしていたのだ。

この短《みじか》からぬ時間《じかん》は私《わたし》の身《み》の上《うえ》に私《わたし》相当《そうとう》な変化《へんか》を引起《ひきおこ》していた。私《わたし》は足《あし》かけ八年《ねん》住《す》み慣《な》れた札幌《さっぽろ》――極《ご》く手短《てみじか》にいってもそこで私《わたし》の上《うえ》に色々《いろいろ》な事《こと》が起《おこ》った。妻《つま》を持《も》って三人《にん》の父《ちち》となった。永《なが》い信仰《しんこう》から離《はな》れて教《きょう》会《かい》を退《しりぞ》いた。やっていた仕事《しごと》に段々《だんだん》失望《しつぼう》を感《かん》じていた。新《あたら》しい生活《せいかつ》の芽《め》が周囲《しゅうい》の拒絶《きょぜつ》を無《な》みして芽《め》ぐみかけて来《き》た。私《わたし》の眼《め》の前《まえ》の道《みち》には、おぼろげながら気味悪《きみわる》い雲《くも》が蔽《おお》いかかっていた――を去《さ》って、私《わたし》には物足《ものた》らない都会生活《とかいせいかつ》が始《はじ》まった。而《そ》して眼《め》に余《あま》る不幸《ふこう》の、つぎつぎに足許《あしもと》から持上《もちあが》るのをじっと眺《なが》めねばならなかった。私《わたし》は捨《す》て身《み》になって見《み》も知《し》らぬ新《あたら》しい世界《せかい》に乗《の》り出《だ》す事《こと》を余儀《よぎ》なくされた。それは文学者《ぶんがくしや》としての生活《せいかつ》だった。私《わたし》は今度《こんど》こそは全《まった》く独《ひと》りで歩《あゆ》まねばならぬと決心《けっしん》の臍《ほぞ》を堅《かた》めた。またこの道《みち》に這入《はい》る以上《いじょう》は、出来《でき》ても出来《でき》なくても、人類《じんるい》の意志《いし》と取組《とっく》む決心《けっしん》をしなければならなかった。私《わたし》は始終自分《しじゅうじぶん》の力《ちから》を疑《うたが》い通《とお》しながら原稿紙《げんこうし》に臨《のぞ》んだ。人々《ひとびと》が寝《ね》入《い》って後《のち》、草《くさ》も木《き》も寝入《ねい》って後《のち》、独《ひと》り目覚《めざ》めてしんとした夜《よ》の寂寥《せきりよう》の中《うち》に、万年筆《まんねんひつ》のペン先《さき》が紙《かみ》にきしり込《こ》む音《おと》のみを聞《き》きながら、私《わたし》は神《かみ》がかりのように夢中《むちゅう》になって筆《ふで》を執《と》っている事《こと》もあった。私《わたし》の周囲《しゅうい》には亡霊《ぼうれい》のような魂《たましい》がひしめいて、紙《かみ》の中《なか》に生《うま》れ出《で》ようと苦《くる》しんでいるのをはっきりと感《かん》じた事《こと》もあった。そんな時気《ときき》が付《つ》いて見《み》ると、私《わたし》は眼《め》に一杯感激《いっぱいかんげき》の涙《なみだ》を湛《たた》えていた。芸術《げいじゅつ》に溺《おぼ》れたものでなくって、そういう時《とき》のエクスタシーを誰《た》れが味《あじ》わい得《え》よう。然《しか》し私《わたし》の心《こころ》が痛《いた》ましく裂《さ》け乱《みだ》れて、純一《じゅんいつ》な気持《きも》ちが何所《どこ》の隅《すみ》にも見付《みつ》からない時《とき》の淋《さび》しさは又何《またな》んと例《たと》えようもない。その時私《ときわたし》は全《まった》く一つの物質《ぶっしつ》に過《す》ぎない。私《わたし》には何《な》んにも残《のこ》されない。私《わたし》は自分《じぶん》の文学《ぶんがく》者《しゃ》である事《こと》を疑《うたが》ってしまう。文学《ぶんがく》者《しゃ》が文学者《ぶんがくしゃ》である事《こと》を疑《うたが》う程《ほど》、世《よ》に空虚《くうきょ》な頼《たよ》りないものが復《ま》たとあろうか。その時《とき》彼《か》れは明《あきら》かに生命《せいめい》から見《み》放《はな》されてしまっているのだ。そういう瞬間《しゅんかん》にふと浮《うか》ぶのは君《きみ》のあの時《とき》の面影《おもかげ》だった。自分《じぶん》を信《しん》じていいのか悪《わる》いのかを決《けっ》しかねて、逞《たく》ましい意志《いし》と冷酷《れいこく》な批判《ひはん》とが衷《うち》に戦《たたか》って、思《おも》わず識《し》らず凡《すべ》てのものに向《むか》って敵《てき》意《い》を含《ふく》んだ、あの面影《おもかげ》だ。君《きみ》を思《おも》うと、僕《ぼく》は筆《ふで》を捨《す》て、椅子《いす》から立上《たちあが》り、部屋《へや》の中《なか》を歩《ある》き廻《まわ》りながら自分《じぶん》につぶやいた。

「あの少年《しょうねん》はどうなったろう。道《みち》を踏《ふ》み迷《まよ》わないでいてくれ。自分《じぶん》を誇《こ》大《だい》して取返《とりかえ》しのつかない死出《しで》の旅《たび》をしないでいてくれ。若《も》し彼《か》れに独自《どくじ》の道《みち》を開《ひら》いて行《ゆ》く天稟《てんぴん》がないのなら、正直《しょうじき》な勤勉《きんべん》な凡人《ぼんじん》として一生《いっしょう》を終《おわ》ってくれ。もうこの苦《くる》しさは俺《おれ》一人《ひとり》だけで沢山《たくさん》だ」

五

所《ところ》が去年《きょねん》の十月《がつ》——といえば、川《かわ》岸《ぎし》の家《いえ》で偶然君《ぐうぜんきみ》というものを知《し》ってから十年目《ねんめ》だ——のある日《ひ》、雨《あめ》のしょぼしょぼと降《ふ》っている午後《ごご》に一つの小包《こづつみ》が私《わたし》の手許《てもと》に届《とど》いた。女《じょ》中《ちゅう》がそれを持《も》って来《き》た時《とき》、私《わたし》は干魚《ほしうお》が送《おく》られたと思《おも》った程部屋《ほどへや》の中《なか》が生《なま》臭《ぐさ》くなった。包《つつ》みの油紙《あぶらがみ》は雨水《あまみず》と泥《どろ》とでひどく汚《よご》れていて、差出人《さしだしにん》の名前《なまえ》が漸《ようや》く読《よ》める位《くらい》だったが、そこに記《しる》された姓名《せいめい》を私《わたし》は誰《だれ》ともはっきり思《おも》い出《だ》す事《こと》が出来《でき》なかった。兎《と》も角《かく》もと思《おも》って、私《わたし》はナイフで頑丈《がんじょう》な渋《しぶ》びきの麻糸《あさいと》を切《き》りほごしながら包《つつ》みを開《あ》けて見《み》た。油紙《あぶらがみ》の中《なか》には又麻糸《またあさいと》で堅《かた》く結《ゆわ》えた油紙《あぶらがみ》の包《つつ》みがあった。それを解《と》くと、又油紙《またあぶらがみ》で包《つつ》んであった。一寸腹《ちょっとはら》が立《た》つほど念《ねん》の入《い》った包《つつ》み方《かた》で、百合根《ゆりね》をむくように一枚一枚剥《まいまいはが》して行《ゆ》くと、ようやく幾枚《いくまい》もの新聞紙《しんぶんし》の中《なか》から、手垢《てあか》で汚《よご》れきった手製《てせい》の画学紙《ががくし》の帳面《ちょうめん》が三冊《さつ》、きりきりと棒《ぼう》のように巻《ま》いたのが出《で》て来《き》た。私《わたし》は始終小気味悪《しじゅうこきみわる》い匂《におい》を気《き》にしながらその帳面《ちょうめん》を広《ひろ》げて見《み》た。

それはどれも鉛筆《えんぴつ》のスケッチ帖《ちょう》だった。而《そ》してどれにも山《やま》と樹《き》ばかりが描《か》いてあった。私《わたし》は一眼見《ひとめみ》るとそれが北海道《ほっかいどう》の風景《ふうけい》である事《こと》を知《し》った。のみならず、それは明《あき》らかに本統《ほんとう》の芸術家《げいじゅつか》のみが見得《みう》る、而《そ》して描《か》き得《う》る深刻《しんこく》な自然《しぜん》の肖像画《しょうぞうが》だった。

「やりつけたな。」咄嗟《とっさ》に私《わたし》は少年《しょうねん》のままの君《きみ》の顔《かお》を心一杯《こころいっぱい》に描《えが》いて、下《した》唇《くちびる》を噛《か》みしめた。而《そ》して思《おも》わず、快《こころよ》く微笑《ほほえ》んだ。白状《はくじょう》するが、それが若《も》し小説《しょうせつ》か戯曲《ぎきょく》であったら、その時《とき》の私《わたし》の顔《かお》には、微笑《びしょう》の代《かわ》りに苦《にが》い嫉妬《しっと》の色《いろ》が漲《みなぎ》っていたかも知《し》れない。

その晩《ばん》一封《ぷう》の手紙《てがみ》が君《きみ》から届《とど》いた。矢張《やは》り画学紙《ががくし》に擦《す》り切《き》れた筆《ふで》で乱雑《らんざつ》にこう走《はし》り書《が》きがしてあった。

北海道《ほっかいどう》ハ秋《あき》モ晩《おそ》クナリマシタ。野《の》原《はら》ハ、毎日《まいにち》ノヨウニツメタイ風《かぜ》ガ吹《ふ》イテ居《い》マス。

日頃愛惜《ひごろあいせき》シタ樹木《じゅもく》ヤ草花《くさばな》ナドガ、

イツトハナク落葉《らくよう》シテシマッテイル、秋《あき》ハ人《ひと》ノ心《こころ》ニ色々《いろいろ》ナコトヲ思《おも》ワセマス。

日《ひ》ニヨリマストアタリノ山々《やまやま》ガ浮《うき》アガッタカト思《おも》ワレル位《くらい》空《そら》ガ美《うつく》シイ時《とき》ガアリマス。然《しか》シ大《たい》テイハ風《かぜ》ト一所《いっしょ》ニ雨《あめ》ガバラバラヤッテ来《き》テ路《みち》ヲ悪《わ》ルクシテイルノデス。

昨日《きのう》スケッチ帖《ちょう》ヲ三冊《さつ》送《おく》リマシタ。イツカあなたニ画《え》ヲ見《み》テモライマシテカラ、故郷《こきょう》デ貧乏《びんぼう》漁夫《ぎょふ》デアル私《わたし》ハ毎日《まいにち》忙《いそが》シイ仕事《しごと》ト激《はげ》シイ労働《ろうどう》ニ追《お》ワレテイルノデツイ今年《ことし》マデ画《え》ヲカイテ見《み》タカッタノデスガ遂《つい》描《か》ケナカッタノデス。

今年《ことし》ノ七月頃《がっころ》カラ始《はじ》メテ画用紙《がようし》ヲトジテ画帖《がちょう》ヲ作《つく》リ、鉛筆《えんぴつ》デ（モノ）ニ向《むか》ッテ見《み》マシタ。而《しか》シ労働《ろうどう》ニ害《がい》サレタ手《て》ハ思《おも》ウヨウニ自分《じぶん》ノ感《かん》力《りょく》ヲ現《あらわ》スコトガ出来《でき》ナイデ困《こま》リマス。

コンナツマラナイ素描帖《すがきちょう》ヲ見《み》テ下《くだ》サイト言《い》ウノハ大《たい》ヘンツライノデス。然《しか》シ私《わたし》ハイツワラナイデ始《はじ》メタ時《とき》カラノヲ全部《ぜんぶ》送《おく》リマシタ。

（中略《ちゅうりゃく》）

私《わたし》ノ町《まち》ノ智的《ちてき》素養《そよう》ノ幾分《いくぶん》ナリトモアル青年《せいねん》デモ、自分《じぶん》トイウモノニツイテ思《おもい》ヲメグラス人《ひと》ハ少《すく》ナイヨウデス。青年《せいねん》ノ多《おお》クハ小《ちい》サクサカシクオサマッテイルモノカ、ツマラナク時《とき》ヲ無為《むい》ニ送《おく》ッテイマス。デスガ私《わたし》ハ私《わたし》ノ故郷《こきょう》ダカラスキデス。

色々《いろいろ》ナモノガ私《わたし》ノ心《こころ》ヲオドラセマス。私《わたし》ノスケッチニ取《と》ルベキ所《ところ》ノアルモノガアルデショウカ。私《わたし》ハ何《なん》トナクコンナツマラヌモノヲあなたニ見《み》テモラウノガハズカシイノデス。

山《やま》ハ色具《いろぐ》ヲドッシリ付《つ》ケテ山《やま》ガ地《ち》上《じょう》カラ空《そら》ヘモレアガッテイルヨウニ描《か》イテ見《み》タイモノダト思《おも》ッテイマス。私《わたし》ノスケッチデハ私《わたし》ノ感《かん》ジガドウモ出《で》ナイデコマリマス。私《わたし》ノ山《やま》ハ私《わたし》ガ実際《じっさい》ニ感《かん》ジルヨリアマリ平面《へいめん》ノヨウデス。樹木《じゅもく》モドウモマダ物体感《ぶったいかん》ニトボシク思《おも》ワレマス。

色《いろ》ヲツケテ見《み》タラヨカロウト考《かんが》エテイマスガ、時間《じかん》ト金《かね》ガナイノデコンナモノデ腹《はら》イセヲシテイルノデス。

私《わたし》ハ色々《いろいろ》ナ構図《こうず》デ頭《あたま》ガ一《いっ》パイニナッテイルノデスガ、何《なに》シロマダ描《か》ク丈《だけ》ノ腕《うで》ガナイヨウデス。

御《お》イソガシイあなたニコンナ無遠《ぶえん》

リョヲカケテ大《たい》ヘンスマナク思《おも》ッテイマス。イツカ御《お》ヒマガアリマシタラ御教示《ごきょうじ》ヲ願《ねが》マス。

十月《がつ》末《すえ》

六

こう思《おも》ったままを書《か》きなぐった手《て》紙《がみ》がどれ程《ほど》私《わたし》を動《うご》かしたか、君《きみ》には一寸想像《ちょっとそうぞう》がつくまい。自分《じぶん》が文学者《ぶんがくしゃ》であるだけに、私《わたし》には他人《たにん》の書《か》いた文字《もじ》の中《なか》にも真実《しんじつ》と虚偽《きょぎ》とを直感《ちょっかん》する可《か》なり鋭《するど》い能力《のうりょく》が発達《はったつ》している。私《わたし》は君《きみ》の手紙《てがみ》を読《よ》んでいる中《うち》に涙《なみだ》ぐんでしまった。魚臭《さかなくさ》い油紙《あぶらがみ》と君《きみ》の文字《もじ》との間《あいだ》には一分《いちぶ》の隙《すき》もなかった。「感力《かんりょく》」という君《きみ》の造語《ぞうご》は立派《りっぱ》な内容《ないよう》を持《も》つ言葉《ことば》として私《わたし》の胸《むね》に響《ひび》いた。「山《やま》ハ色具《いろぐ》ヲドッシリツケテ山《やま》ガ地上《ちじょう》カラ空《そら》ヘモレアガッテイルヨウニ描《か》イテ見《み》タイ……」……山《やま》が地上《ちじょう》から空《そら》へもれあがる——それは素晴《すば》らしい自然《しぜん》への肉薄《にくはく》だ。言葉《ことば》の中《なか》に沁《し》み亘《わた》ったこの力《ちから》は、軽《かる》く対象《たいしょう》を見《み》て過《すご》す微温《びおん》な心《こころ》の、真似《まね》にも生《う》み出《だ》し得《え》ない調子《ちょうし》を持《も》った力《ちから》だ。

「誰《だ》れも気《き》のつかない地球《ちきゅう》の一角《いっかく》で尊《たっと》い一つの魂《たましい》が母胎《ぼたい》を破《やぶ》り出《で》ようとして苦《くる》しんでいる」

私《わたし》はそう思《おも》ったのだ。私《わたし》はそう思《おも》うと何《な》んとなく涙《なみだ》ぐんでしまったのだ。

その頃《ころ》私《わたし》は北海道行《ほっかいどうゆ》きを計画《けいかく》していたが、雑用《ざつよう》に紛《まぎ》れて躊躇《ちゅうちょ》している中《うち》に寒《さむ》くなりかけたので、もうやめようかと思《おも》って居《い》た所《ところ》だった。然《しか》し君《きみ》のスケッチ帖《ちょう》と手紙《てがみ》とを見《み》ると、是非君《ぜひきみ》に会《あ》って見《み》たくなって、一徹《いってつ》にすぐ旅行《りょこう》の準備《じゅんび》にかかった。而《そ》して十一月《がつ》の五日《か》には上野駅《うえのえき》から

青森《あおもり》行きの汽車《きしゃ》に乗《の》っていた。札幌《さっぽろ》の用事《ようじ》を済《す》まして農場《のうじょう》に行《ゆ》く前《まえ》に私《わたし》は岩内《いわない》に宛《あ》て君《きみ》に手紙《てがみ》を出《だ》しておいた。農場《のうじょう》からはそう遠《とお》くないから、来《こ》られるなら来《こ》ないか、是非《ぜひ》お目《め》に懸《かか》りたいからといって。

農場《のうじょう》に着《つ》いた日《ひ》には君《きみ》は見《み》えなかった。その翌日《よくじつ》は朝《あさ》から雪《ゆき》が降《ふ》り出《だ》した。私《わたし》は窓《まど》の所《ところ》に机《つくえ》を持《も》って行《い》って、原稿紙《げんこうし》に向《むか》って呻吟《しんぎん》しながら心待《こころま》ちに君《きみ》を待《ま》ったのだ。而《そ》して渋《しぶ》り勝《が》ちな筆《ふで》を休《やす》ませる間《あいだ》に、是《こ》れまで書《か》き連《つら》ねたような事《こと》をきれぎれに思《おも》い出《だ》していたのだった。

夕闇《ゆうやみ》は段々深《だんだんふか》まっていった。事務所《じむしょ》をあずかる男《おとこ》が、ランプを持《も》って来《き》た序《ついで》に、夜食《やしょく》の膳《ぜん》を運《はこ》ぼうかと尋《たず》ねたが、私《わたし》にはひょっとすると君《きみ》が来《き》はしないかと心待《こころま》ちがされたので、そのままにしておいて貰《もら》って、またかじりつくように原稿紙《げんこうし》に向《むか》った。大《おお》きな男《おとこ》の姿《すがた》が部屋《へや》からのっそりと消《き》えて行《ゆ》くのを、視覚《しかく》のはずれに感《かん》じて、都《みやこ》から久《ひさ》し振《ぶり》で来《き》て見《み》ると、物《もの》でも人《ひと》でも大《おお》きくゆったりしているのに一種《いっしゅ》の圧迫《あっぱく》をさえ感《かん》ずるのだった。

渋《しぶ》り勝《が》ちな筆《ふで》がいくらもはかどらない中《うち》に、夕闇《ゆうやみ》はどんどん夜《よる》の暗《くら》さに代《かわ》って、窓《まど》ガラスの先方《むこう》は雪《ゆき》と闇《やみ》とのぼんやりした明暗《キヤロスキユロ》になってしまった。自然《しぜん》は何《なに》かに気《き》を障《さ》え出《だ》したように夜《よる》と共《とも》に荒《あ》れ始《はじ》めていた。底力《そこぢから》の籠《こも》った鈍《にぶ》い空気《くうき》が、音《おと》もなく重苦《おもくる》しく外壁《そとかべ》に肩《かた》をあててうんともたれかかるのが、畳《たたみ》の上《うえ》に坐《すわ》っていても、何《な》んとなく感《かん》ぜられて来《き》た。自然《しぜん》が粉雪《こゆき》を煽《あお》り立《た》てて、処《ところ》きらわずたたきつけながら、のたうちまわって叫《おめ》き叫《さけ》ぶその物凄《ものすご》い気配《けはい》は、もう迫《せま》った。私《わたし》は窓《まど》ガラスに白《しろ》い木綿《もめん》のカーテンを引《ひ》いた。自然《しぜん》の暴威《ぼうい》をせきとめるために人間《にんげん》の造《つく》ったみじめな領土《りょうど》が脆《もろ》く小《ちい》さく私《わたし》の周囲《しゅうい》に眺《なが》められた。

七

突然《とつぜん》ど、ど、ど、ど——という音《おと》が——運動《うんどう》が（そういう場合音《ばあいおと》と運動《うんどう》との区別《くべつ》はない）天地《てんち》に起《おこ》った。さあ始《はじ》まったと私《わたし》は二つに折《お》った背中《せなか》を思《おも》わず立《た》て直《なお》した。同時《どうじ》に自然《しぜん》は下唇《したくちびる》を上歯《うわば》にあてがって思《おも》いきり長《なが》く息気《いき》を吹《ふ》いた。地面《じめん》から躍《おど》り上《あが》った雪《ゆき》が、二、三度《ど》弾《はず》みを取《と》っておいてどっと一気《いっき》に天《てん》に向《む》いて降《ふ》り

かかって行《ゆ》くあの悲壮《ひそう》な光景《こうけい》がまざまざと私《わたし》の想像《そうぞう》に浮《うか》べられた。駄目《だめ》だ。もう君《きみ》は来《き》やしない。停車場《ていしゃじょう》からの雪道《ゆきみち》はもう無《な》くなってしまったに違《ちが》いないから。私《わたし》は吹雪《ふぶき》の底《そこ》にひたりながら、物淋《ものさび》しくそう思《おも》って、又机《またつくえ》の上《うえ》に眼《め》を落《おと》した。

筆《ふで》は益々渋《ますますしぶ》るばかりだった。軽《かる》い陣痛《じんつう》は時々起《ときどきおこ》りはしたが、大切《たいせつ》な文《も》字《じ》は生《うま》れ出《で》てくれなかった。こうしてもどかしい時間《じかん》が三十分《ぶん》も過《す》ぎた頃《ころ》だったろう、農場《のうじょう》の男《おとこ》がまたのそりと部屋《へや》に這入《はい》って来《き》て客来《きゃくらい》を知《し》らせたのは。私《わたし》の喜《よろこ》びを君《きみ》は想像《そうぞう》が出来《でき》る。矢張《やは》り来《き》てくれたんだ。僕《ぼく》はすぐに立《た》って事務室《じむしつ》の方《ほう》にかけつけた。事務室《じむしつ》の障子《しょうじ》を開《あ》けて、二畳《じょう》もある大囲炉裏《おおいろり》の切《き》られた台所《だいどころ》に出《で》て見《み》ると、そこの土間《どま》に一人《ひとり》の男《おとこ》がまだ靴《くつ》も脱《ぬ》がずに突立《つった》っていた。農場《のうじょう》の男《おとこ》も、その男《おとこ》にふさわしい、肥《ふと》って大《おお》きな内儀《かみ》さんも普通《ふつう》な背丈《せたけ》にしか見《み》えない程《ほど》その男《おとこ》は大《おお》きかった。言葉通《ことばどお》りの巨人《きょじん》だ。頭《あたま》からすっぽりと頭巾《ずきん》のついた黒《くろ》っぽい外《がい》套《とう》を着《き》て、雪《ゆき》まみれになって、口《くち》から白《しろ》い息気《いき》をむらむらと吐《は》き出《だ》すその姿《すがた》は、実際人間《じっさいにんげん》という感《かん》じを起《おこ》させない程《ほど》だった。子供《こども》までがおびえた眼付《めつ》きをして内儀《かみ》さんの膝《ひざ》の上《うえ》に丸《まる》まりながらその男《おとこ》をうろんらしく見《み》すえていた。君《きみ》ではなかったなと思《おも》うと僕《ぼく》は又期待《またきたい》に裏切《うらぎ》られた失望《しつぼう》を感《かん》じて少《すこ》しいらいらした。

「さ、ま、ずっとこっちにお上《あが》りなすって」

農場《のうじょう》の男《おとこ》は僕《ぼく》の客《きゃく》だというので出来《でき》るだけ丁寧《ていねい》にこういって、囲炉《いろ》裏《り》のそばの煎餅蒲団《せんべいぶとん》を裏返《うらがえ》した。

その男《おとこ》は一寸頭《ちょっとあたま》で挨拶《あいさつ》して囲炉《いろ》裏《り》の座《ざ》に這入《はい》って来《き》たが、天井《てんじょう》の高《たか》いだだっ広《びろ》い台所《だいどころ》に灯《とも》された五分《ごぶ》心《じん》のランプと、ちょろちょろと燃《も》える木節《きぶし》の囲炉裏火《いろりび》とは、黒《くろ》い大《おお》きな塊的《マッス》となりこの男《おとこ》を照《て》らさなかった。男《おとこ》がぐっしょりしめった兵隊《へいたい》の古長靴《ふるながぐつ》を脱《ぬ》ぐのを待《ま》って私《わたし》は黙《だま》ったまま案内《あんない》に立《た》った。今《いま》はもうこの男《おとこ》によって、無駄《むだ》な時間《じかん》がつぶされないように、いやな気分《きぶん》にさせられないようにと願《ねが》いながら。

八

部屋《へや》に這入《はい》って二人《ふたり》が座《ざ》についてから、私《わたし》は始《はじ》めてその男《おとこ》を見《み》た。男《おとこ》はぶきっちょうに、それでも四角《しかく》に下座《げざ》に坐《すわ》って、丁寧《ていねい》に頭《あたま》を下《さ》げた。

「しばらく」

八畳《じょう》の座敷《ざしき》に余《あま》るような錆《さび》を帯《お》びた太《ふと》い声《こえ》がした。

「あなたは誰方《どなた》ですか」

大《おお》きな男《おとこ》は一寸《ちょっと》きまりが悪《わる》そうに汗《あせ》でしとどになった真赤《まっか》な額《ひたい》を撫《な》でた。

「木本《きもと》です」

「え、木本君《きもとくん》!?」

これが君《きみ》なのか、私《わたし》は驚《おどろ》きながら改《あらた》めてその男《おとこ》をしげしげと見直《みなお》さなければならなかった。疳《かん》の為《た》めに背《せ》丈《たけ》も延《の》び切《き》らない、何所《どこ》か病的《びょうてき》にさえ見《み》えた、悒鬱《ゆううつ》な少年時代《しょうねんじだい》の君《きみ》の面影《おもかげ》は何所《どこ》にあるのだろう。又《また》、落《か》葉松《らまつ》の幹《みき》から所々《ところどころ》覗《のぞ》き出《だ》している針葉《しんよう》の一本《ぽん》をも愛撫《あいぶ》し理解《りかい》しようとする、スケッチ帖《ちょう》で想像《そうぞう》される鋭敏《えいびん》な神経《しんけい》の所有者《しょゆうしゃ》らしい姿《すがた》はどこにあるのだろう。地《じ》つぶしにさしこをした厚衣《あつし》を二枚重《まいかさ》ねてどっしりと落付《おちつ》いた君《きみ》の坐形《すわりかた》は私《わたし》より五寸《すん》も高《たか》く見《み》えた。筋肉《きんにく》で山《やま》のように盛《も》り上《あが》った肩《かた》の上《うえ》に正《ただ》しくはめ込《こ》まれた、牡《お》牛《うし》のような太《ふと》い頸《くび》に、稍長《ややなが》めな赤銅《しゃくどう》色《いろ》の君《きみ》の顔《かお》は、健康《けんこう》そのもののようにしっかりと乗《の》っていた。脂肪気《あぶらけ》のない筋肉質《きんにくしつ》な君《きみ》の顔《かお》は何所《どこ》から何所《どこ》まで引《ひ》き締《し》まっていたが、輪廓《りんかく》の正《ただ》しい眼鼻立《めはなだ》ちの隅々《すみずみ》には、心《こころ》の中《うち》から湧《わ》いて出《で》る寛大《かんだい》な微笑《びしょう》の影《かげ》が自然《しぜん》に漂《ただよ》っていて、脂肪《しぼう》に代《かわ》って君《きみ》の表《ひょう》情《じょう》を暖《あたた》く見《み》せていた。「何《な》んという無類《むるい》な完全《かんぜん》な若者《わかもの》だろう」。私《わたし》は心《こころ》の中《うち》でこう感嘆《かんたん》した。恋人《こいびと》を君《きみ》に紹《しょう》介《かい》する男《おとこ》は、深《ふか》い猜疑《さいぎ》の眼《まなこ》で恋人《こいびと》を見守《みまも》らずにはいられまい。君《きみ》の与《あた》える素晴《すば》らしい印象《いんしょう》はそんな事《こと》を私《わたし》に思《おも》わせた。

「吹雪《ふぶ》いてひどかったろう」

「何《な》んの。温《ぬく》くって温《ぬく》くって汗《あせ》がは

あえらく出《で》ました。けんど道《みち》が分《わか》んねえで困《こま》ってると、仕合《しあわ》せよく水車《すいしや》番《ばん》に遇《あ》ったから、すぐ知《し》れました。あれは親身《しんみ》な人《ひと》だったっけ」

　君《きみ》の素直《すなお》な心《こころ》はすぐ人《ひと》の心《こころ》に触《ふ》れると見《み》える。あれは実際《じつさい》心持《こころも》ちのいい男《おとこ》だ。君《きみ》は手拭《てぬぐい》を腰《こし》から抜《ぬ》いて幾度《いくど》も湯気《ゆげ》が立《た》たんばかりに汗《あせ》になった顔《かお》を押拭《おしぬぐ》った。

　夜食《やしよく》の膳《ぜん》が運《はこ》ばれた。「もう我慢《がまん》がなんねえ」といって君《きみ》は今《いま》まで堅《かた》く坐《すわ》っていた膝《ひざ》を崩《くず》して安坐《あぐら》をかいた。「きちょうめんに坐《すわ》る事《こと》なんぞはははあ無《ね》えもんだから」。二人《ふたり》は子《こ》供《ども》同士《どうし》のような楽《たの》しい心《こころ》で膳《ぜん》に向《むか》った。君《きみ》の大食《たいしよく》は愉快《ゆかい》に私《わたし》を驚《おどろ》かした。食後《しよくご》の茶《ちや》を飯茶碗《めしぢやわん》で三杯《ばい》続《つづ》けさまに飲《の》む人《ひと》を私《わたし》は始《はじ》めて見《み》た。

　それから後《のち》、夜中《よなか》まで続《つづ》いた二人《ふたり》の楽《たの》しい会話《かいわ》を私《わたし》は今《いま》だに同《おな》じ楽《たの》しさを以《もつ》て想《おも》い出《だ》す。戸外《こがい》ではここを先途《せんど》と嵐《あらし》が荒《あ》れまくっていた。部屋《へや》の中《なか》ではストーブの向座《むかいざ》に安坐《あぐら》をかいて癖《くせ》のように時折《ときお》り五分刈《ごぶがり》の濃《こ》い髪《かみ》の毛《け》を逆《さか》さに撫《な》であげる男惚《おとこぼれ》のする君《きみ》の顔《かお》が微笑《ほほえ》んでいた。君《きみ》は頑丈《がんじよう》な重《おも》しのように、小《ちい》さな部屋《へや》を吹雪《ふぶき》から守《まも》った。温《あたた》まるにつれて、君《きみ》の周囲《しゆうい》から蒸《む》れ立《た》つ生臭《なまぐさ》い魚《うお》の香《におい》は強《つよ》く部屋中《へやじゆう》に籠《こも》ったけれども、それは荒《あら》い大海《だいかい》を生々《なまなま》しく連想《れんそう》させるだけで、何《な》んの不愉快《ふゆかい》な感《かん》じも起《おこ》させなかった。人《ひと》の感覚《かんかく》というものも気儘《きまま》なものだ。

　楽《たの》しい会話《かいわ》といった。然《しか》しそれは面白《おもしろ》いという意味《いみ》では勿論《もちろん》ない。何故《なぜ》なれば君《きみ》は屢々《しばしば》不器用《ぶきよう》な言葉《ことば》の尻《しり》を消《け》して曇《くも》った顔《かお》をしなければならなかったから。而《そ》して私《わたし》も君《きみ》の苦《くる》しい立場《たちば》や、自分自身《じぶんじしん》の迷《まよ》い勝《が》ちな生活《せいかつ》を痛感《つうかん》して、暗《くら》い心《こころ》に捕《とら》えられねばならなかったから。

九

　その晩君《ばんきみ》が私《わたし》に話《はな》して聞《き》かした君《きみ》の生活《せいかつ》の輪廓《りんかく》をここに書《か》き連《つら》ねずには置《お》かれない。

　札幌《さつぽろ》で君《きみ》が私《わたし》を訪《おとず》れてくれた時《とき》、君《きみ》には東京《とうきよう》に遊学《ゆうがく》すべき道《みち》が絶《た》たれていたのだった。一時《いちじ》北海道《ほつかいどう》の西《にし》海岸《かいがん》で、小樽《おたる》をすら凌駕《りようが》して賑《にぎ》やかになりそうな気勢《きせい》を見《み》せた岩内港《いわないこう》も、さしたる理由《りゆう》もなく、少《すこ》しも発《はつ》展《てん》しないばかりか、段々《だんだん》さびれて行《ゆ》くにつれて、君《きみ》の一家《いつか》にも生活《せいかつ》の苦《くる》しさが加《くわ》わって来《き》た。学問《がくもん》というものに興味《きょうみ》がなく、従《したが》って成績《せいせき》の面白《おもしろ》くなかった君《きみ》が、芸術《げいじゅつ》に捧誓《ほうせい》する心《こころ》を懐《いだ》きながら、その淋《さび》しくなりまさる港《みなと》に帰《かえ》る心持《こころも》ちになったのはその為《た》めだった。そういう事《こと》を考《かんが》え合《あ》わすと、あの時君《ときぎみ》が何《なん》となく暗《くら》い顔付《かおつ》きをして、いらいらしく見《み》えたのがはっきり分《わか》るようだ。君《きみ》は故郷《こきょう》に帰《かえ》って、仕事《しごと》の暇々《ひまひま》に、心《こころ》あてにしていた景色《けしき》でも描《か》く事《こと》を、せめてはの心頼《こころだの》みにして札幌《さっぽろ》を去《さ》ったのだろう。

然《しか》し君《きみ》の家庭《かてい》が君《きみ》に待《ま》ち設《もう》けていたものは、そんな余裕《よゆう》のある生活《せいかつ》ではなかった。年《とし》のいった父上《ちちうえ》も兄上《あにうえ》も普通《ふつう》の漁夫《ぎょふ》と同様《どうよう》な服装《なり》をして、網《あみ》をすきながら君《きみ》の帰《かえ》りを迎《むか》えた時《とき》、君《きみ》はそれまでの考《かんが》えの呑気過《のんきす》ぎたのに気《き》が付《つ》いたに違《ちが》いない。十《じゅう》分《ぶん》の思慮《しりょ》もせずに、こんな生活《せいかつ》の渦《うず》巻《まき》の中《なか》に、自分《じぶん》から飛《と》び込《こ》んだのを、君《きみ》の芸術的欲求《げいじゅつてきよっきゅう》は何処《どこ》かで悔《く》んでいた。その晩《ばん》、魚臭《さかなくさ》い空気《くうき》の籠《こも》った部屋《へや》の中《なか》で、枕《まくら》にはつきながら、陥穽《おとしあな》にかかった獣《けもの》のような焦《しょう》躁《そう》を感《かん》じて、瞼《まぶた》を合《あ》わす事《こと》が出来《でき》なかったと私《わたし》に話《はな》した。そうだったろう。その晩一晩《ばんひとばん》の君《きみ》の心持《こころも》ちを委《くわ》しく考《かんが》えただけで、私《わたし》は一つの力強《ちからづよ》い小品《しょうひん》を作《つく》る事《こと》が出来《でき》ると思《おも》う。

然《しか》し親思《おやおも》いな素直《すなお》な心《こころ》を持《も》って生《うま》れた君《きみ》は、君《きみ》を迎《むか》え入《い》れようとする生活《せいかつ》から逃《のが》れることをしなかったのだ。詰《つ》め襟《えり》のホックをかけずに着慣《きな》れた制服《せいふく》を脱《ぬ》ぎすてて、君《きみ》は厚衣《あつし》を羽織《はお》る身《み》になった。明鯛《すけそう》から鱈《たら》、鱈《たら》から鰊《にしん》、鰊《にしん》から烏賊《いか》というように、一年中君《ねんじゅうきみ》はかの北海《ほっかい》の荒浪《あらなみ》や激《はげ》しい気候《きこう》と戦《たたか》って、淋《さび》しい漁夫《ぎょふ》の生活《せいかつ》に没頭《ぼっとう》しなければならなかった。而《しか》も港内《こうない》に築《きず》かれた防波堤《ぼうはてい》が、技師《ぎし》の飛《と》んでもない打算違《ださんちが》いから、波《なみ》を防《ふせ》ぐ代《かわ》りに砂《すな》をどんどん港内《こうない》に流《なが》し入《い》

れる破目《はめ》になってから、船繋《ふながか》りのいい海岸《かいがん》が追々浅《おいおいあさ》くなって、出漁《しゅつぎょ》には都合《つごう》のいい位置《いち》にあった君《きみ》の漁場《ぎょじょう》は、廃《すた》れ物同様《ものどうよう》になってしまい、高《たか》い借賃《かりちん》を出《だ》して他人《たにん》の漁場《ぎょじょう》を使《つか》わなければならなくなったのと、北海道第一《ほっかいどうだいいち》と云《い》われる鰊《にしん》の群来《くき》が年々《ねんねん》減《へ》って行《ゆ》く為《た》めに、さらぬだに生活《せいかつ》の圧迫《あっぱく》を感《かん》じて来《き》ていた君《きみ》の家《いえ》は、親子《おやこ》が心《こころ》を揃《そろ》え力《ちから》を合《あ》わして命《いのち》がけに働《はたら》いても、年毎《としごと》に貧乏《びんぼう》に追《お》い付《つ》かれ勝《が》ちになって行《い》った。

　真身《しんみ》な、やさしい而《そ》して男《おとこ》らしい心《こころ》に生《う》まれた君《きみ》は、黙《だま》ってこの有様《ありさま》を見《み》てはいられなくなった。君《きみ》は君《きみ》に近《ちか》いものの生活《せいかつ》の為《た》めに、正《ただ》しい汗《あせ》を額《ひたい》に流《なが》すのを悔《く》いたり恥《は》じたりしてはいられなくなった。而《そ》して君《きみ》は驀地《まっしぐら》に労働生活《ろうどうせいかつ》の真中《まったなか》に乗《の》り出《だ》した。寒暑《かんしょ》と波濤《はとう》と力業《ちからわざ》とは君《きみ》の筋骨《きんこつ》と度胸《どきょう》とを鉄《てつ》のように鍛《きた》え上《あ》げた。君《きみ》はすくすくと大木《たいぼく》のように逞《たくま》しくなった。岩内港《いわないこう》の中《うち》で君《きみ》の腕力《わんりょく》に刃向《はむか》うものは一人《ひとり》もなくなった。私《わたし》の前《まえ》に坐《すわ》った君《きみ》の姿《すがた》は私《わたし》にそれを信《しん》ぜしめる。

一〇

　パンの為《た》めに沈《しず》み切《き》った十年《ねん》の生活《せいかつ》――それは短《みじか》いものではない。大抵《たいてい》の人《ひと》は恐《おそ》らくそういう生活《せいかつ》から跳《は》ね返《かえ》る力《ちから》を失《うしな》ってしまうだろう。世《よ》の中《なか》を見亘《みわた》すと、何《なん》百万何《まんなん》千万《まん》の人々《ひとびと》が、こんな生活《せいかつ》にその天授《てんじゅ》の特異《とくい》な力《ちから》を踏《ふ》みしだかれて、空《むな》しく墳墓《ふんぼ》の草《くさ》となってしまったろう。それは全《まった》く悲《かな》しい事《こと》だ。而《そ》して不条理《ふじょうり》な事《こと》だ。然《しか》し誰《だれ》がこの不条理《ふじょうり》な世相《せそう》に非難《ひなん》の石《いし》を放《な》げつける事《こと》が出来《でき》るか。是《こ》れは悲《かな》しくも私達《わたしたち》の一人一人《ひとりひとり》が肩《かた》の上《うえ》に背負《せお》わなければならない不条理《ふじょうり》だ。特異《とくい》な力《ちから》を埋《うず》め尽《つく》してまでも、当面《とうめん》の生活《せいかつ》に没頭《ぼっとう》しなければならない人々《ひとびと》に対《たい》して、私達《わたしたち》は尊敬《そんけい》に近《ちか》い同情《どうじょう》をすら捧《ささ》げねばならぬ悲《かな》しい人生《じんせい》の事実《じじつ》だ。

　パンの為《た》めに勢力《せいりょく》のあらんかぎりを用《もち》い尽《つく》さねばならぬ十年《ねん》――それは短《みじか》いものではない。それにもかかわらず君《きみ》は性格《せいかく》の中《うち》に植《う》え込《こ》まれた憧憬《しょうけい》を一刻《いっこく》も捨《す》てなかったのだ。捨《す》てる事《こと》が出来《でき》なかったのだ。

　雨《あめ》の為《た》めとか、風《かぜ》の為《た》めとか、一日《にち》も安閑《あんかん》としてはいられない漁夫《ぎょふ》の生活《せいかつ》にも、為《す》る事《こと》なく日《ひ》を過《すご》さねばならぬ幾日《いくにち》かが、一年《ねん》の間《あいだ》にはあ

る。そういう時《とき》に、君《きみ》は一冊《さつ》のスケッチ帖《ちょう》（小学校用《しょうがっこうよう》の粗雑《そざつ》な画学《ががく》紙《し》を不器用《ぶきよう》に網糸《あみいと》で綴《つづ》ったそれ）と一本《ぽん》の鉛筆《えんぴつ》とを、鱗《うろこ》や肉片《にくへん》がこびりついたままごわごわに乾《かわ》いた仕事着《しごとぎ》の懐《ふところ》ろにねじこんで、ぶらりと朝《あさ》から家《いえ》を出《で》るのだ。而《そ》して舟《ふね》も出《だ》せない惨《みじ》めな天候《てんこう》を物《もの》ともせずに、山《やま》の懐《ふところ》ろや畑《はたけ》の畦《あぜ》をさまよい歩《ある》くのだ。

「遇《あ》う人《ひと》は俺《お》ら事《こと》を気違《きちが》いだというんです。けんど俺《お》ら山《やま》をじっとこう見《み》ていると、何《なに》もかも忘《わす》れてしまうです。誰《だ》れだか何《なに》かの雑誌《ざっし》で『愛《あい》は奪《うば》ふ』というものを書《か》いて、人間《にんげん》が物《もの》を愛《あい》するのはその物《もの》を強奪《ふんだく》るだといっていたようだが、俺《お》ら山《やま》を見《み》ているとそんな気《き》は起《おこ》したくも起《おこ》らないね。山《やま》がしっくり俺《お》ら事《こと》引《ひ》きずり込《こ》んでしまって、俺《お》ら唯呆《ただあき》れて見《み》ているだけです。その心持《こころも》ちが描《か》いて見《み》たくって、あんな下手《へた》なものをやって見《み》るが、から駄目《だめ》です。あんな山《やま》の心持《こころも》ちを描《か》いた画《え》を、見《み》るだけでも見《み》たいもんだが、ありませんね。天気《てんき》のいい気持《きも》ちのいい日《ひ》にうんと力瘤《ちからこぶ》を入《い》れてやって見《み》たらと思《おも》うけんど、暮《くら》しも忙《いそが》しいし、やっても俺《お》らにはやっぱり手《て》に余《あま》るだろう。色《いろ》も付《つ》けて見《み》たいが絵具《えのぐ》は国《くに》に引込《ひっこ》む時《とき》絵《え》の好《す》きな友達《ともだち》にくれてしまったから、俺《お》らのような画《え》にゃ買《か》うのも惜《お》しいし。海《うみ》を見《み》れば海《うみ》でいいが、山《やま》を見《み》れば山《やま》でいい。勿体《もったい》ない位《くらい》そこいらに素晴《すば》らしいものがあるんだが、力《ちから》が足《た》んねえです」

といった君《きみ》の言葉《ことば》を私《わたし》は忘《わす》れる事《こと》が出来《でき》ない。その時《とき》君《きみ》は安坐《あぐら》にした両脛《もろすね》を両方《りょうほう》の手《て》でつぶすように固《かた》く握《にぎ》って、胸《むね》に余《あま》る昂奮《こうふん》を静《しず》かな太《ふと》い声《こえ》でおとなしく云《い》い現《あら》わしていた。

十一

私達《わたしたち》が一時過《じす》ぎまで語《かた》り合《あ》って寝床《ねどこ》に這入《はい》って後《のち》も、吹《ふ》きまく吹雪《ふぶき》は露《つゆ》ほども力《ちから》を緩《ゆる》めなかった。君《きみ》は君《きみ》で、私《わたし》は私《わたし》で、妙《みょう》に寝《ね》つかれない一夜《いちや》だった。踏《ふ》まれても踏《ふ》まれても、自然《しぜん》が与《あた》えた美妙《びみょう》な優《やさ》しい心《こころ》を失《うしな》わない君《きみ》を思《おも》った。仁王《におう》のような逞《たくまし》い君《きみ》の肉体《にくたい》に、少女《しょうじょ》のような感《かん》じの鋭《するど》い魂《たましい》を認《みと》めるのは美《うつく》しいことだった。君一人《きみひとり》が人《ひと》の生活《せいかつ》を明《あか》るいものにしているようにさえ思《おも》えた。而《そ》して私《わたし》は段々《だんだん》私《わたし》の仕事《しごと》のことを考《かんが》えた。どんなに藻掻《もが》いて見《み》ても、まだまだ本統《ほんとう》に自分《じぶん》の所有《しょゆう》を明《あきら》かに掴《つか》み出《だ》す事《こと》は出来《でき》ないで、動《やや》ともするとこじれた反抗《はんこう》や敵愾心《てきがいしん》から一時《いちじ》的《てき》な満足《まんぞく》を求《もと》めようとする心《こころ》の貧《まず》しさ――それが私《わたし》を無念《むねん》がらせる。而《そ》してその夜《よ》は、君《きみ》の自然《しぜん》な成長《せいちょう》と、その成長《せいちょう》に対《たい》して君《きみ》の持《も》つ無意識《むいしき》的《てき》な謙虚《けんきょ》と執着《しゅうちゃく》とが私《わたし》を涙《なみだ》ぐませるまでにした。

次《つ》ぎの日《ひ》の朝《あさ》、こうしてはいられないといって、君《きみ》は嵐《あらし》の中《なか》に帰《かえ》り仕《じ》度《たく》をした。農場《のうじょう》の男達《おとこたち》すらもう少《すこ》し模様《もよう》を見《み》ろと強《しい》て止《と》めるのも聞《き》かず君《きみ》は素足《すあし》にかちんかちんに凍《こお》った兵隊長靴《へいたいながぐつ》をはいて、黒《くろ》い外套《がいとう》をしっかりと着《き》こんで土間《どま》に立《た》った。北国《きたぐに》の日暮《ひぐら》しには何《なに》かと客《きゃく》がなつかしまれて名残《なごり》が惜《おし》まれる。農場《のうじょう》の人《ひと》達《たち》も親身《しんみ》に彼是《かれこ》れと君《きみ》を労《いたわ》った。すっかり頭巾《ずきん》を被《かぶ》って十分《じゅうぶん》身仕度《みじたく》をして出懸《でか》けたらいいだろうと勧《すす》めたけれども君《きみ》は質朴《しつぼく》な憚《はばか》りから帽子《ぼうし》も被《かぶ》らずに重々《おもおも》しい口《くち》で挨拶《あいさつ》をすると、戸口《とぐち》のガラス戸《ど》を引開《ひきあ》けて戸外《こがい》に出《で》た。私《わたし》はガラス窓《まど》をこづいて、降《ふ》り積《つも》った雪《ゆき》を払《はら》い落《おと》しながら、吹《ふ》き溜《たま》った雪《ゆき》の中《なか》をこいで行《ゆ》く君《きみ》を見《み》送《おく》った。君《きみ》の黒《くろ》い姿《すがた》は――矢張《やは》り頭《ず》巾《きん》を被《かぶ》らずに頭《あたま》をむき出《だ》しにして雪《ゆき》になぶらした――君《きみ》の黒《くろ》い姿《すがた》は、白《しろ》い地面《じめん》に腰《こし》まで埋《うず》まって、濃《こ》い薄《うす》い縞《しま》になって横降《よこぶ》りに降《ふ》りしきる雪《ゆき》の中《なか》を段々遠《だんだんとお》ざかって、とうとう霞《かす》んで見《み》えなくなってしまった。

事務所《じむしょ》は君《きみ》の来《く》る前《まえ》のような単《たん》

調《ちょう》な淋《さび》しさと降《ふ》りつむ雪《ゆき》とに閉《と》じこめられてしまった。

私《わたし》がそこを発《た》って東京《とうきょう》に帰《かえ》ったのは、それから三、四日後《かご》の事《こと》だった。

今《いま》は東京《とうきょう》の冬《ふゆ》も過《す》ぎて、梅《うめ》が咲《さ》き椿《つばき》が咲《さ》くようになった。太陽《たいよう》の生《う》み出《だ》す慈悲《じひ》の光《ひかり》を、地面《じめん》は胸《むね》を張《は》り広《ひろ》げて吸《す》い込《こ》んでいる。君《きみ》の住《す》む港《みなと》の水《みず》は、まだ流《なが》れこむ雪解《ゆきどけ》の水《みず》に薄濁《うすにご》る程《ほど》にもなっていまい。鋼鉄《こうてつ》を氷《こおり》で溶《と》かしたような海面《かいめん》が、動《やや》もすると角《かど》だった波《なみ》を挙《あ》げて、岸《きし》を目懸《めが》けて攻《せ》めかけているだろう。それでも老《お》いさらぼえた雪道《ゆきみち》を器用《きよう》に拾《ひろ》いながら、金魚売《きんぎょう》りが天秤棒《てんびんぼう》を肩《かた》にして、無理《むり》にも春《はる》を呼《よ》びさますような売声《うりごえ》を立《た》てる季節《きせつ》にはなったろう。浜《はま》には津軽《つがる》や秋田辺《あきたへん》から集《あつ》まって来《き》た旅《たび》雁《かり》のような漁夫達《ぎょふたち》が、鮭《さけ》の建網《たてあみ》の修繕《つくろい》をしたり、大釜《おおがま》の据《す》え付《つ》けをしたりして、黒《くろ》ずんだ自然《しぜん》の中《うち》に、毛《もう》布《ふ》の甲《こう》がけや外套《がいとう》のけばけばしい赤《あか》色《いろ》を、播《ま》き散《ち》らす季節《きせつ》にはなったろう。この頃《ごろ》私《わたし》は又妙《またみょう》に君《きみ》を思《おも》い出《だ》す。君《きみ》の張切《はりき》った生活《せいかつ》の有様《ありさま》を頭《あたま》に描《えが》く。私《わたし》が私《わたし》の想像《そうぞう》に任《まか》して、ここに君《きみ》の姿《すがた》を写《うつ》し出《だ》して見《み》る事《こと》を君《きみ》は許《ゆる》すだろうか。

十二

君《きみ》を思《おも》い出《だ》すにつけて、私《わたし》の頭《あたま》に直《す》ぐ浮《うか》び出《で》て来《く》るのは何《な》んといっても淋《さび》しく物《もの》すさまじい北海道《ほっかいどう》の光景《こうけい》だ。

長《なが》い冬《ふゆ》の夜《よ》はまだ明《あ》けない。雷電《らいでん》峠《とうげ》と反対《はんたい》の湾《わん》の一角《いっかく》から長《なが》く突《つ》き出《で》た造《つく》り損《そこ》ねの防波堤《ぼうはてい》は、死《し》んだ大蛇《だいじゃ》の骸《から》のような真黒《まっくろ》い姿《すがた》を遠《とお》く海中《かいちゅう》に突《つ》き出《だ》して、夜目《よめ》にもくろく見《み》え

る白波《しらなみ》の牙《きば》が、野獣《やじゆう》のそれのように、その胴腹《どうばら》に小休《こやす》みなく噛《く》いかかっている。砂浜《すなはま》に繋《もや》われた二十艘《そう》に余《あま》る大和船《やまとぶね》は、舳《へさき》を沖《おき》に向《む》けて、互《たが》いにしがみ合《あ》いながら、長《なが》い帆柱《ほばしら》を左右前後《さゆうぜんご》に振《ふ》り立《た》てている。その側《そば》に、様々《さまざま》の漁具《ぎよぐ》と弁当《べんとう》のお櫃《ひつ》とを持《も》って集《あつ》まった漁夫達《ぎよふたち》は、言葉少《ことばすく》なに物《もの》を云《い》い交《かわ》しながら、防波堤《ぼうはてい》の上《うえ》に建《た》てられた組合《くみあい》の天気予報《てんきよほう》の信号灯《しんごうとう》を見《み》やっている。暗《くら》い闇《やみ》の中《なか》に、赤《あか》と白《しろ》との二《ふた》つの灯《ひ》が、夜鳥《よどり》の眼《め》のようにぎろっと光《ひか》っている。赤《あか》と白《しろ》との二《ふた》つ球《たま》は危険警戒《きけんけいかい》の信号《しんごう》だ。船《ふね》を出《だ》すには烏《からす》の啼《な》き亘《わた》る時刻《じこく》まで待《ま》ってからにしなければならない。町《まち》の方《ほう》には灯《ひ》一つ見《み》えない。それらの凡《すべ》てを蔽《おお》いくるめて雲《くも》は低《ひく》く懸《かか》っている。音《おと》を立《た》てないばかりに雲《くも》は山《やま》の方《ほう》から沖《おき》の方《ほう》へと絶間《たえま》なく走《はし》る。汀《なぎさ》まで雪《ゆき》に埋《うま》った海岸《かいがん》には、見渡《みわた》せる限《かぎ》り、白波《しらなみ》がざぶんざぶん摧《くだ》けて、風《かぜ》が——空気《くうき》そのものをかっ浚《さら》ってしまいそうな激《はげ》しい寒《さむ》い風《かぜ》が、雪《ゆき》に閉《とざ》された山《やま》を吹《ふ》き、畑《はた》を吹《ふ》き、家《いえ》を吹《ふ》き、漁夫《ぎよふ》を吹《ふ》き、海《うみ》を吹《ふ》きまくって、驀地《まつしぐら》に水《みず》と空《そら》との閉《と》じ目《め》を目《め》がけて突《つ》きぬけて往《ゆ》く。

漁夫《ぎよふ》の群《むれ》から少《すこ》し離《はな》れて、一団《ひとかたまり》になったお内儀《かみ》さん達《たち》の背中《せなか》から赤子《ご》の激《はげ》しい泣声《なきごえ》が起《おこ》る。暫《しばら》くしてそれが鎮《しず》まると、風《かぜ》の生《う》み出《だ》す音《おと》の高《たか》い不思議《ふしぎ》な沈黙《ちんもく》がまた天《てん》と地《ち》とに漲《みなぎ》り満《み》ちる。

稍《やや》二時間《じかん》も経《た》ったと思《おも》う頃《ころ》、綾目《あやめ》も知《し》れない闇《やみ》の中《なか》から、硫黄嶽《いおうがだけ》の山《さん》頂《ちよう》——右肩《みぎかた》を聳《そびや》かして、左《ひだり》を撫《な》で肩《かた》にした——が、雲《くも》の生《う》んだ鬼子《おにご》のように空中《くうちゆう》に生《うま》れ出《で》る。鈍《にぶ》い土《つち》がまた振《ふ》り向《む》きもしない中《うち》に空《そら》は逸早《いちはや》くも暁《あかつき》の火《ひ》を吸《す》い始《はじ》めたのだ。

模範船《もはんせん》(港内《こうない》に四、五艘《そう》あるのだが、船《ふね》も大《おお》きいし、それに老練《ろうれん》な人《ひと》達《たち》が乗込《のりこ》んで、他《た》の船《ふね》に懸引《かけひ》き進退《しんたい》の合図《あいず》をする)の船頭《せんどう》が頭《あたま》を鳩《あつ》めて、相談《そうだん》をし始《はじ》める。何処《どこ》とも知《し》れず、あの昼《ひる》には気疎《けうと》い羽色《はいろ》を持《も》った烏《からす》の声《こえ》が、勇《いさ》ましく聞《きこ》え出《だ》す。漁夫連《ぎよふれん》の群《むれ》も、お内儀《かみ》さん達《たち》の群《むれ》も、石《いし》のような不動《ふどう》の沈黙《ちんもく》から、急《きゆう》に生《い》き返《かえ》って来《く》る。

「出《だ》すべ。」

このさざめきの間《あいだ》に、潮《うしお》で錆《さ》び切《き》った老船頭《ろうせんどう》の高《たか》い声《こえ》が斯《こ》う聞《きこ》える。

十三

漁夫達《ぎょふたち》は力強《ちからづよ》い鈍《にぶ》さを以《もっ》て、互《たがい》に歩《あゆ》み離《はな》れて持《も》ち場《ば》に着《つ》く。お内儀《かみ》さん達《たち》は左《ひだり》に右《みぎ》に駆《か》け歩《ある》く。今《いま》まで陶酔《とうすい》したように波《なみ》に揺《ゆ》られていた船《ふね》の艫《とも》には、漁夫達《ぎょふたち》が膝《ひざ》まで水《みず》に浸《つか》って、喚《わめ》き始《はじ》める。罵《ののし》り騒《さわ》ぐ声《こえ》が一《ひ》としきり聞《きこ》えたと思《おも》うと、船《ふね》は拠《よんどころ》なさそうに、右《みぎ》に左《ひだり》に揺《ゆら》ぎながら、船首《せんしゅ》を高《たか》く擡《もた》げて波頭《なみがしら》を切《き》り開《ひら》き切《き》り開《ひら》き、狂《くる》い暴《あば》れる波打際《なみうちぎわ》から離《はな》れてゆく。最後《さいご》の高《たか》い罵《ののし》りの声《こえ》と共《とも》に、今《いま》までの鈍《にぶ》さに似《に》ず、あらゆる漁夫《ぎょふ》は、もう猿《ましら》のように船《ふね》に飛《と》び乗《の》っている。動《やや》ともすると、舳《へさき》を岸《きし》に向《む》けようとする船《ふね》の中《なか》からは、長《なが》い竿《さお》が水《みず》の中《なか》に幾本《いくほん》も突《つ》き込《こ》まれる。船《ふね》は已《や》むを得《え》ず又《また》立《た》ち直《なお》って沖《おき》を眼《め》ざす。

船《ふね》はもう一個《こ》の敏活《びんかつ》な生《い》き物《もの》だ。舷《ふなべり》からは百足《むかで》のように櫓《ろ》の鰭《ひれ》を出《だ》し、艫《とも》からは鯨《くじら》のように舵《かじ》の尾《お》を出《だ》して、あの悲《かな》しい北国特有《きたぐにとくゆう》な漁夫《ぎょふ》の懸声《かけごえ》に励《はげ》まされながら、真暗《まっくら》に襲《おそ》いかかる波《なみ》のしぶきを凌《しの》いで、沖《おき》へ沖《おき》へと岸《きし》を遠《とお》ざかって行《ゆ》く。海岸《かいがん》に一塊《ひとかたまり》になって船《ふね》を見送《みおく》る女達《おんなたち》の群《むれ》はもう黒《くろ》い石《いし》ころのようにしか見《み》えない。漁夫達《ぎょふたち》は櫓《ろ》を漕《こ》ぎながら、帆綱《ほづな》を整《ととの》えながら、浸水《あか》をかい出《だ》しながら、その黒《くろ》い石《いし》ころと、模範船《もはんせん》の艫《とも》から一《いち》の字《じ》を引《ひ》いて怪火《かいか》のように流《なが》れる炭火《すみび》の火《ひ》の子《こ》とを眺《なが》める。長《なが》い鉄《てつ》の火箸《ひばし》に火《ひ》の起《おこ》った炭《すみ》を挟《はさ》んで高《たか》く挙《あ》げると、それが風《かぜ》を喰《くら》って盛《さか》んに火《ひ》の子《こ》を飛《と》ばすのだ。炭火《たんか》が一つ挙《あ》げられた時《とき》には、船《ふね》は停《とま》り、二つ挙《あ》げられた時《とき》には、船《ふね》は天候《てんこう》の回復《かいふく》を待《ま》ち得《え》て再《ふたた》び進《すす》まねばならぬのだ。暁闇《あかつきやみ》を、物々《ものもの》しく立《た》ち騒《さわ》ぐ風《かぜ》

と波《なみ》との中《なか》に、海面低《うみづらひく》く火花《ひばな》を散《ち》らしながら青《あお》い焔《ほのお》を放《はな》って燃《も》えかすれるその光《ひかり》は、運命《うんめい》のような物凄《ものすご》さを以《もっ》て海《うみ》の上《うえ》に尾《を》を引《ひ》いて消《き》えて行《ゆ》く。

何処《どこ》からともなく海鳥《かいちょう》の群《むれ》が、白《しろ》く長《なが》い翼《つばさ》に音《おと》を立《た》てて風《かぜ》を切《き》りながら、現《あらわ》れて来《く》る。猫《ねこ》のような声《こえ》で小《ちい》さく呼《よ》びかわすこの海《うみ》の砂漠《さばく》の漂《ひょう》浪者《ろうしゃ》は、さっと落《おと》して来《き》て波《なみ》に腹《はら》を撫《な》でさすかと思《おも》うと、翼《つばさ》をかえして高《たか》く舞《ま》い上《あが》り、やや暫《しば》らく風《かぜ》に逆《さか》らってじっとこたえてから、思《おも》い直《なお》したように打《う》ち連《つ》れて、小気味《こきみ》よく風《かぜ》に流《なが》されて行《ゆ》く。その白《しろ》い羽根《はね》がある瞬間《しゅんかん》には明《あか》るく、ある瞬間《しゅんかん》には暗《くら》く見《み》え出《だ》すと長《なが》い北国《きたぐに》の夜《よ》もようやく明《あ》け離《はな》れて行《ゆ》くのだ。夜《よる》の闇《やみ》は暗《くら》く濃《こ》く沖《おき》の海《うみ》の中《なか》に追《お》い込《こ》められて、東《ひがし》の空《そら》には黎明《れいめい》の新《あたら》しい光《ひかり》が雲《くも》を破《やぶ》る。物《もの》すさまじい朝焼《あさや》けだ。過《あやま》って海《うみ》に落《お》ちこんだ悪魔《あくま》が、肉《にく》付《づき》のいい右《みぎ》の肩《かた》だけを波《なみ》の上《うえ》に現《あらわ》している、その肩《かた》のような雷電峠《らいでんとうげ》の絶《ぜっ》巓《てん》を、撫《な》でたり敲《たた》いたりして叢立《むらた》ち急《いそ》ぐ嵐雲《あらしぐも》は、炉《ろ》に放《な》げ入《い》れられた紫《むらさき》のような光《ひかり》に燃《も》えて、山懐《やまふところ》の雪《ゆき》までも透明《とうめい》な藤色《ふじいろ》に染《そ》め抜《ぬ》いてしまう。それにしても明方《あけがた》のこの暖《あたたか》い光《ひかり》の色《いろ》に比《くら》べて、何《な》んという寒《さむ》い空《そら》の風《かぜ》だ。長《なが》い夜《よる》の為《た》めに冷《ひ》え切《き》った地球《ちきゅう》は、今《いま》その一番冷《いちばんつめ》たい呼吸《いき》を呼《こ》吸《きゅう》しているのだ。

十四

私《わたし》は君《きみ》を忘《わす》れてはならない。もう港《みなと》を出離《ではな》れて木《こ》の葉《は》のように小《ちい》さくなった船《ふね》の中《なか》で、君《きみ》は配縄《はいなわ》の用意《ようい》をしながら、恐《おそ》ろしいまでに荘厳《そうごん》なこの日《ひ》の序幕《じょまく》を眺《なが》めているのだ。君《きみ》の父上《ちちうえ》は舵座《かじざ》に安坐《あぐら》をかいて、時々晴《ときどきせい》雨計《うけい》を見《み》やりながら変化《へんか》し易《やす》い冬《ふゆ》の天候《てんこう》を考《かんが》えている。海《うみ》の中《なか》から生《うま》れて来《き》たような老漁夫《ろうぎょふ》の、皺《しわ》にたたまれた鋭《するど》い眼《め》は雲一片《くもひとひら》の徴《しるし》をさえ見落《みおと》すまいと注意《ちゅうい》をしながら、落付《おちつ》き払《はら》った余裕《よゆう》を見《み》せている。君《きみ》の兄上《あにうえ》は、凍《こお》って自由《じゆう》にならない手《て》の平《ひら》を腰《こし》のあたりの荒布《あらぬの》に擦《こす》りつけて熱《ねつ》を

出《だ》しながら、帆綱《ほづな》を握《にぎ》って風《かぜ》の向《む》きと早《はや》さに応《おう》じて帆《ほ》を立《た》て直《なお》している。傭《やと》われた二人《ふたり》の漁夫《ぎょふ》は二人《ふたり》の漁《ぎょ》夫《ふ》で、二尋《ひろお》置きに本縄《ほんなわ》から下《さが》った針《はり》に餌《え》をつけるのに忙《せ》わしい。海《うみ》の上《うえ》を見《み》ると港《みなと》を出《で》てからてんでんばらばらに散《ち》らばって、朝《あさ》の光《ひかり》に白《しろ》い帆《ほ》をかがやかした船《ふね》という船《ふね》は、等《ひと》しく沖《おき》を目懸《めが》けて波《なみ》を切《き》り開《ひら》いて走《はし》りながら君《きみ》の船《ふね》の中《なか》で行《おこな》われているのと同《おな》じ営《いとな》みにいそしんでいるのだ。

　夜《よ》が明《あ》けはなれると海風《うみかぜ》と陸風《おかかぜ》との変《かわ》り目《め》が来《き》て、さすがに海《うみ》の上《うえ》も穏《おだ》かになる。やがて瀬《せ》は達《たっ》せられた。君等《きみら》は水《みず》の色《いろ》を一眼《ひとめ》見《み》たばかりで、海中《かいちゅう》に突《つ》き入《い》った陸地《りくち》と海《うみ》そのもの、境《さかい》とも云《い》うべき瀬《せ》がどう走《はし》っているかをすぐ見《み》て取《と》る事《こと》が出来《でき》る。

　帆《ほ》が下《おろ》される。勢《いきおい》で走《はし》りつづける船足《ふなあし》は舵《かじ》の為《た》めに右《みぎ》なり左《ひだり》なりに向《む》け直《なお》される。同時《どうじ》に浮標《うき》の付《つ》いた配《はい》縄《なわ》の一端《いったん》が氷《こおり》のような海《うみ》の中《なか》にざぶんと投《な》げ込《こ》まれる。二十五町《ちょう》から三十町《ちょう》に余《あま》る長《なが》さの縄全体《なわぜんたい》が海上《かいじょう》に長々《ながなが》と横《よこ》たえられるには、日《ひ》が子《し》午線《ごせん》の近《ちか》くまで来《こ》なければならないのだ。君等《きみら》の船《ふね》は櫓《ろ》にあやつられて、横波《よこなみ》を喰《く》いながら、しぶしぶ進《すす》んで行《ゆ》く。ざぶりざぶり。寒気《かんき》の為《た》めに比重《ひじゅう》の高《たか》くなった海《うみ》の水《みず》は、凍《こお》りかかった油《あぶら》のような重《おも》さで、物凄《ものすご》い藍色《あいいろ》の底《そこ》に、雲間《くもま》を漏《も》れる日光《にっこう》で鈍《にぶ》く光《ひか》る配縄《はいなわ》の餌《え》を呑《の》み込《こ》んで行《ゆ》く。

　今《いま》まで花《はな》のような模様《もよう》を描《か》いて、海面《うみづら》の所々《ところどころ》に日光《にっこう》を恵《めぐ》んでいた空《そら》が、急《きゅう》にさっと薄曇《うすぐも》ると、何処《どこ》からともなく時雨《しぐれ》のように霰《あられ》が降《ふ》って来《き》て海面《かいめん》を泡立《あわだ》たす。船《ふね》と船《ふね》とは、見《み》る見る薄《うす》い糊《のり》のような青白《あおじろ》い膜《まく》に距《へだ》てられる。君《きみ》の周囲《しゅうい》には小《ちい》さな白《しろ》い粒《つぶ》が乾《かわ》き切《き》った音《おと》を立《た》てて、忙《あわた》だしく船板《ふないた》を打《う》つ。君《きみ》は小賢《こざ》かしいこの邪魔者《じゃまもの》に毛糸《けいと》の襟巻《えりま》きでつつんだ顔《かお》を背《そむ》けながら、配縄《はいなわ》をおろし続《つづ》ける。

　すっと空《そら》が明《あか》るくなる。霞《かすみ》は何処《どこ》にか行《い》ってしまった。而《そ》して真青《まっさお》な海面《かいめん》に、漁船《ぎょせん》は蔭《かげ》になり日向《ひなた》になり、堅《かた》い輪廓《りんかく》を描《か》いて、波《なみ》にもまれながら漂《ただよ》っている。

　機嫌《きげん》買《が》いな天気《てんき》は一日《いちじつ》の中《うち》に幾度《いくど》もこうした顔《かお》のしがめ方《かた》をする。而《そ》して日《ひ》が西《にし》に廻《まわ》るとこの不機嫌《ふきげん》は募《つの》って行《ゆ》くばかりだ。

十五

寒暑《かんしよ》をかまっていられない漁夫達《ぎよふたち》も吹《ふ》きざらしの寒《さむ》さにはひるまずにはいられない。配縄《はいなわ》を投《な》げ終《おわ》ると、身《み》ぶるいしながら五人《にん》の男《おとこ》は舵座《かじざ》におこされた焜炉《こんろ》の火《ひ》の囲《ぐる》りに慕《した》いよって、握飯《にぎりめし》を大《おお》きなお櫃《ひつ》から貪《むさぼ》り食《く》う。港《みなと》を出《で》る時《とき》には一《ひ》とかたまりになっていた友船《ともぶね》も今《いま》は木《こ》の葉《は》のように小《ちい》さく距《へだた》って、心細《こころぼそ》い弱々《よわよわ》しい姿《すがた》を涯《はて》もなく露領《ろりよう》に続《つづ》く海原《うなばら》のここかしこに漂《ただよ》わせている。三里《り》の余《よ》も離《はな》れた陸地《りくち》は高《たか》い山々《やまやま》の半腹《はんぷく》から上《かみ》だけを水《みず》の上《うえ》に見《み》せて、降《ふ》り積《つ》んだ雪《ゆき》が日《ひ》を受《う》けた所《ところ》は銀《ぎん》のように、雲《くも》の蔭《かげ》になった所《ところ》は鉛《なまり》のように、妙《みよう》に険《けわ》しい輪廓《りんかく》を描《えが》いている。漁夫《ぎよふ》たちは口《くち》を食物《くいもの》で頬張《ほおば》らせながら、昨日《きのう》の漁《りよう》の有様《ありさま》や今日《きよう》の予想《よそう》やらを、いかにも地味《じみ》な口調《くちよう》で談《かた》り合《あ》っている。君《きみ》だけはそういう時《とき》に自分《じぶん》が彼等《かれら》の間《あいだ》に不思議《ふしぎ》な異邦人《いほうじん》である事《こと》を思《おも》う。同《おな》じ櫓《ろ》を握《にぎ》り、同《おな》じ帆綱《ほづな》を操《あやつ》りながら、何《なん》という悲《かな》しい心《こころ》の距《へだた》りだろう。圧《お》し潰《つぶ》してしまおうと幾度《いくたび》試《こころ》みても、直後《すぐあと》からまくしかかって来《く》る芸術《げいじゆつ》に対《たい》する執着《しゆうちやく》——飛行機《ひこうき》の将校《しようこう》にすら成《な》ろうという人《ひと》の少《すく》い世《よ》の中《なか》に、荒《あ》れても晴《は》れても毎日毎日《まいにちまいにち》、一命《いちめい》を投《な》げてかかって、緊張《きんちよう》した終日《しゆうじつ》の労働《ろうどう》に、玉《たま》の緒《お》で燃《た》き上《あ》げたような飯《めし》を食《く》って一生《いつしよう》を過《すご》そうとする漁夫《ぎよふ》の生活《せいかつ》、それは遊戯《ゆうぎ》でないだけに、命《いのち》かけがえの真実《しんじつ》な仕事《しごと》であるだけに、言葉《ことば》では云《い》い現《あらわ》し得《え》ない尊《とうと》さと厳粛《げんしゆく》さとを持《も》っている。況《ま》してや彼等《かれら》が、この目覚《めざ》ましい健気《けなげ》な生活《せいかつ》を、已《や》むを得《え》ぬ、苦《くる》しい、然《しか》し当然《とうぜん》な生活《せいかつ》として、誇《ほこ》りもなく、矯飾《きようしよく》もなく、桎《くびき》にか

かった輓牛《ひきうし》のような柔順《じゅうじゅん》な忍耐《にんたい》と覚悟《かくご》とを以《もっ》て、勇《いさ》ましく迎《むか》え入《い》れているその姿《すがた》を見《み》ると、君《きみ》は人間《にんげん》の果敢《はか》なさと美《うつく》しさとに同時《どうじ》に胸《むね》をしめ上《あ》げられる。

君《きみ》の心《こころ》の眼《め》にはまざまざと難破船《なんばせん》の痛《いた》ましい光景《こうけい》が浮《うか》び出《で》る。それはある年《とし》の三月《がつ》に君自身《きみじしん》が遭遇《そうぐう》した苦《にが》い経験《けいけん》の一つだ。模範船《もはんせん》からすぐ引《ひき》上《あ》げろという信号《しんごう》がかかったので、今《いま》まで気遣《きづか》いながら仕事《しごと》を続《つづ》けていた漁船《ぎょせん》は、打《う》ち込《こ》み打《う》ち込《こ》む波濤《はとう》と戦《たたか》いながら配縄《はいなわ》を上《あ》げにかかったけれども、暴風《ぼうふう》は一秒毎《びょうごと》に募《つの》るばかりなので、船頭《せんどう》は已《や》むなく配縄《はいなわ》を切《き》って捨《す》てさせなければならなくなった。

海《うみ》の上《うえ》は唯狂《ただくる》い荒《あ》れる風《かぜ》と雪《ゆき》と波《なみ》ばかりだ。縦横《じゅうおう》に吹《ふ》きまく風《かぜ》が、思《おも》いのままに海《うみ》をひっぱたくので、つるし上《あ》げられるように高《たか》まった三角《さんかく》波《なみ》が互《たがい》に競《きそ》って取組《とっく》み合《あ》うと、取組《とっく》み合《あ》っただけの波《なみ》は忽《たちま》ち真白《まっしろ》な泡《あわ》の山《やま》に変《へん》じて、其巓《そのいただき》が風《かぜ》にちぎられながら、すさまじい勢《いきお》いで眼《め》あてもなく倒《たお》れかかる。眼《め》も向《む》けられないような濃《こ》い雪《ゆき》の群《むれ》は、波《なみ》を追《お》ったり、波《なみ》から遁《のが》れたり、宛《さなが》ら風《かぜ》の怒《いか》りを挑《いど》む小悪魔《しょうあくま》のように、面憎《つらにく》く振舞《ふるま》いながら飛《と》びはねる。吹《ふ》きおろされた雲《くも》のちぎれは、大《おお》きな霧《きり》のかたまりになって、海《うみ》とすれすれに波《なみ》の上《うえ》を矢《や》よりも早《はや》く飛《と》び過《す》ぎてゆく。

十六

雪《ゆき》と浸水《あか》とで糊《のり》よりもすべる船板《ふないた》の上《うえ》を君《きみ》は這《は》うようにして舳《へさき》の方《ほう》ににじり寄《よ》り、左《ひだり》の手《て》で鉄《てつ》の環《わ》をしっかりと握《にぎ》りながら、右手《みぎて》に磁石《じしゃく》をかまえて、大声《おおごえ》で船《ふね》の進路《しんろ》を後《うしろ》に伝《つた》える。二人《ふたり》の漁夫《ぎょふ》は大竿《おおざお》を風下《かざしも》になった舷《ふなべり》から二本《ほん》突《つ》き出《だ》して、しっかりと結《むす》びつけている。船《ふね》の転覆《てんぷく》するのを少《すこ》しでも防《ふせ》ぐ為《た》めだ。君《きみ》の兄上《あにうえ》は帆綱《ほづな》を握《にぎ》って、舵座《かじざ》にいる父上《ちちうえ》の合図《あいず》通《どお》りに帆《ほ》の上《あ》げ下《さ》げを誤《あやま》るまいと一心《いっしん》になっている。而《そ》してその間《あいだ》にもしっきりなしに打《う》ち込《こ》む浸水《あか》を、急《いそ》がしく汲《く》んでは舷《ふなべり》から捨《す》てている。命懸《いのちが》けに呼《よ》びかわす互々《たがいたがい》の声《こえ》は妙《みょう》に上《うわ》ずって、風《かぜ》に半分《はんぶん》がた消《け》されながら、それでも五人《にん》の耳《みみ》には物凄《ものすご》くも心強《こころづよ》く響《ひび》いて来《く》る。

「おも舵《かじ》ッ」

「右《みぎ》にかわすだってば」

「右《みぎ》だ……右《みぎ》だぞッ」

「帆綱《ほづな》をしめろやーっ」
「友船《ともぶね》は見《み》えねえかよー。いたらくっつけやーい」

どう吹《ふ》こうかと躊《ためら》っていたような疾風《はやて》がやがてしっかり方向《むき》を定《きめ》ると、是《こ》れまで唯立《ただた》ち騒《さわ》いでいた三角《さんかく》波《なみ》は、段々《だんだん》と丘陵《きゅうりょう》のような紆濤《うねり》に変《かわ》って行《い》った。言葉通《ことばどお》りに水平《すいへい》に吹雪《ふぶ》く雪《ゆき》の中《なか》を、後《うしろ》の方《ほう》から、見上《みあ》げるような大《おお》きな水《みず》の堆積《たいせき》が想像《そうぞう》の出来《でき》ない早《はや》さでひた押《お》しに押《お》して来《く》る。

「来《き》たぞー」

緊張《きんちょう》し切《き》った五人《にん》の心《こころ》は又更《またさら》に恐《おそ》ろしい緊張《きんちょう》を加《くわ》えた。眩《めまぐ》るしい程早《ほどはや》かった船足《ふなあし》が急《きゅう》によどんで、後《うしろ》に吸《す》い寄《よ》せられて、艫《とも》が薄気味悪《うすきみわる》く持上《もちあが》って、船中《せんちゅう》に置《お》かれた品物《しなもの》ががらがらと音《おと》を打《た》てて前《まえ》にのめり、人《ひと》々《びと》も何《なに》かに取《と》りついて腰《こし》のすわりを定《き》めなおさなければならなくなった瞬間《しゅんかん》に、船《ふね》は一《ひ》と煽《あお》り煽《あお》って物凄《ものすご》い不動《ふどう》から、奈落《ならく》の底《そこ》までもと凄《すさま》じい勢《いきお》いで波《なみ》の背《せな》を滑《すべ》り下《くだ》った。同時《どうじ》に耳《みみ》に余《あま》る音《おと》を立《た》てて、紆濤《うねり》は屏風《びょうぶ》倒《だお》しに倒《たお》れかかる。湧《わ》き返《かえ》るような泡《あわ》の混乱《こんらん》の中《なか》に船《ふね》を揉《も》まれながら行《ゆく》手《て》を見《み》ると、一旦壊《いったんこわ》れた波《なみ》はすぐ又《また》物凄《ものすご》い丘陵《きゅうりょう》に立《た》ちかえって、眼《め》の前《まえ》の空《そら》を高《たか》くし切《き》りながら、見《み》る見《み》る悪夢《あくむ》のように遠《とお》ざかって行《ゆ》く。

ほっと安堵《あんど》の気息《いき》をつく隙《すき》も与《あた》えず、後《うしろ》を見《み》れば又紆濤《またうねり》だ。水《みず》の山《やま》だ。

「危《あぶ》ねえ」

「ポキリ」

その声《こえ》を君《きみ》は同時《どうじ》に聞《き》いた。而《そ》して同時《どうじ》に野獣《やじゅう》の敏捷《びんしょう》さを以《もっ》て身構《みがま》えしながら後《うしろ》を振向《ふりむ》いた。根許《ねもと》から折《お》れて横倒《よこだお》しに倒《たお》れかかる帆柱《ほばしら》と、急《きゅう》に命《いのち》を失《うしな》ったように皺《しわ》になった帆布《ほぬの》と、その蔭《かげ》から、飛《と》び出《だ》しそうに眼《め》をむいて、大《おお》きく口《くち》をあけた君《きみ》の兄上《あにうえ》の顔《かお》とが映《うつ》った。

人々《ひとびと》は騒《さわ》ぎ立《た》って艪《ろ》を構《かま》えようとひしめいた。けれども無二無三《むにむさん》な船《ふね》の動揺《どうよう》には打勝《うちか》てなかった。船足《ふなあし》の止《とま》った船《ふね》ではもう舵《かじ》も利《き》かない。船《ふね》は海《うみ》の動揺《どうよう》のまにまに勝手放題《かってほうだい》に暴《あば》れ狂《くる》った。

十七

第《だい》一の紆濤《うねり》、第《だい》二の紆濤《うねり》、第《だい》三の紆濤《うねり》には天運《てんうん》が船《ふね》を転覆《てんぷく》から庇《かば》ってくれた。しかし特別《とくべつ》に大《おお》きな第《だい》四の紆濤《うねり》を見《み》た時《とき》、船中《せんちゅう》の人々《ひとびと》は観念《かんねん》しなければならなかった。

雪《ゆき》の為《た》めに薄《うす》くぼかされた真黒《まっくろ》な大《おお》きな山《やま》、その頂《いただ》きからは、火《ひ》が燃《も》え立《た》つように、ちらりちらり白《しろ》い波頭《なみがしら》が立《た》っては消《き》え、消《き》えては立《た》ちして、瞬間毎《しゅんかんごと》に高《たか》さを増《ま》して行《い》った。吹《ふ》き荒《あ》れる風《かぜ》すらがその為《た》めに遮《さえぎ》りとめられて、船《ふね》の周囲《しゅうい》には気味悪《きみわる》い静《しず》かさがあった。波《なみ》の向側《むこうがわ》をひた押《お》しに押《お》す風《かぜ》の激《はげ》しさ強《つよ》さが思《おも》いやられた。艫《とも》を波《なみ》の方《ほう》に向《む》ける事《こと》もし得《え》ないで力《ちから》なく漂《ただよ》った船《ふね》の前《まえ》まで来《く》ると、波《なみ》の山《やま》はいきなり、獲物《えもの》に襲《おそ》いかかる猛獣《もうじゅう》のように、思《おも》いきり背延《せの》びをした。と思《おも》うと、波頭《なみがしら》は吹《ふ》きつける風《かぜ》に反《そ》りを打《う》って鞺《どう》と崩《くず》れこんだ。

はっと思《おも》った時《とき》には、君等《きみら》はもう真白《まっしろ》な泡《あわ》に引《ひ》きちぎられる程《ほど》五体《ごたい》を揉《も》まれながら、船底《ふなぞこ》を上《うえ》に向《む》けて転覆《てんぷく》した船体《せんたい》にしがみ附《つ》こうと藻掻《もが》いていた。見《み》ると君《きみ》の眼《め》の届《とど》く所《ところ》には君《きみ》の兄上《あにうえ》が頭《あたま》からずぶ濡《ぬれ》になって、糊《のり》のようにぬるぬるする舷《ふなべり》に手《て》をあてがっては滑《すべ》り、手《て》をあてがっては

滑《すべ》りしていた。君《きみ》は大声《おおごえ》を挙《あ》げて何《なに》かいった。兄上《あにうえ》も大声《おおごえ》を挙《あ》げて何《なに》かいってるらしかった。然《しか》し大《おお》きく口《くち》を開《あ》くのが見《み》えるだけで、声《こえ》は少《すこ》しも聞《き》こえて来《こ》ない。

割合《わりあい》に小《ちい》さな波《なみ》が跡《あと》から跡《あと》から押《お》し寄《よ》せて来《き》て、船《ふね》をゆり上《あ》げたり、押《お》しおろしたりした。その度毎《たびごと》に君《きみ》達《たち》は船《ふね》との縁《えん》が切《き》れて、水《みず》の中《なか》に漂《ただよ》わなければならなかった。而《しか》して君《きみ》は水《みず》の中《なか》で動《うご》かす手足《てあし》と同《おな》じ程《ほど》の忙《いそが》しさで、眼《め》と鼻《はな》との間《あいだ》に押《お》し逼《せま》った死《し》から逃《のが》れ出《で》る道《みち》を考《かんが》えた。心《こころ》の上《うわ》澄《ずみ》が妙《みょう》にあわてている割合《わりあい》に、心《こころ》の底《そこ》は不思議《ふしぎ》に気味悪《きみわる》く落《お》ち付《つ》いていた。それは君自身《きみじしん》にすら物凄《ものすご》い程《ほど》だった。空《そら》といい、海《うみ》といい、船《ふね》といい、君《きみ》の思案《しあん》といい、眼《め》あてもなく動揺《どうよう》している中《うち》で、君《きみ》の心《こころ》の底《そこ》だけが、悪落《わるお》ち付《つ》きに落《お》ち付《つ》いて、「死《し》にはしないぞ」とちゃんと決《き》めこんでいるのが却《かえっ》て薄気味悪《うすきみわる》かった。それは「死《し》ぬのがいやだ」「生《い》きていたい」「生《い》きる工夫《くふう》のある限《かぎ》りを試《こころ》みよう」「死《し》にはしないぞ」という、本《ほん》能《のう》の論理的結論《ろんりてきけつろん》であったのだ。この恐《おそ》ろしい盲目《もうもく》な生《せい》の事実《じじつ》が、而《しか》してその結論《けつろん》だけが、眼《め》を見据《みす》えたように、君《きみ》の心《こころ》の底《そこ》に落《お》ち付《つ》き払《はら》っていたのだ。

君《きみ》はこの物凄《ものすご》い無気味《ぶきみ》な衝動《しょうどう》に駆《か》り立《た》てられながら、水船《みずぶね》なりにも船《ふね》を裏返《うらがえ》す努力《どりょく》に力《ちから》を尽《つく》した。残《のこ》る四人《にん》の心《こころ》も君《きみ》と変《かわ》りがないと見《み》えて、険《けわ》しい困難《こんなん》と闘《たたか》いながら四人《にん》とも君《きみ》のいる方《ほう》の舷《ふなべり》に集《あつ》まって来《き》た。而《しか》して申《もう》し合《あわ》したように、一緒《いっしょ》に力《ちから》を籠《こ》めて船《ふね》の胴腹《どうばら》に這《は》い上《あが》ったので船《ふね》は一方《いっぽう》にかしぎ出《だ》した。

「それ今一息《いまひといき》だぞっ」

君《きみ》の父上《ちちうえ》が搾《しぼ》り切《き》った生命《いのち》を声《こえ》にしたように叫《さけ》んだ。一同《いちどう》は又懸命《またけんめい》な力《ちから》を籠《こ》めた。

十八

折《お》りよく――全《まった》く折《お》りよくだ、天《てん》運《うん》だ、――その時船《ときふね》の横面《よこつら》に大《おお》きな波《なみ》が浴《あび》せこんで来《き》たので、片方《かたほう》だけに人《ひと》の重《おも》りの加《くわ》わった漁船《ぎょせん》はくるりと裏返《うらむ》いた。舷《ふなべり》までひたひたと水《みず》に埋《うず》もれながらも兎《と》に角船《かくふね》は真向《まむ》きになって水《みず》の上《うえ》に浮《うか》び出《で》た。船《ふね》が裏返《うらが》える拍子《ひょうし》に五人《にん》は五人《にん》ともずぼりと氷《こおり》のような海《うみ》の中《なか》にもぐり込《こ》みながら、急《きゅう》に勢《いきお》づいて、船《ふね》の上《うえ》に飛《と》び上《あが》ろうとした。然《しか》しこたま着《き》こんだ衣服《いふく》は思《おも》うざま濡《ぬ》れ透《とお》って、鉛《なまり》でも着《き》たような重《おも》い感《かん》じを人々《ひとびと》に与《あた》えていた。それが一方《いっぽう》の舷《ふなべり》にとりついて力《ちから》を籠《こ》めれば又転覆《またてんぷく》するにきまっている。生死《せいし》の瀬戸際《せとぎわ》にはまり込《こ》んでいる人々《ひとびと》の本能《ほんのう》は恐《おそ》ろしい程《ほど》敏捷《すばや》い働《はたら》きをする。五人《にん》の中《うち》の二人《ふたり》は咄嗟《とっさ》に反対《はんたい》の舷《ふなべり》に廻《まわ》った。而《そ》して互《たがい》に顔《かお》を見合《みあわ》せながら、一度《いちど》にやっと声《こえ》をかけ合《あわ》せて半身《はんしん》を舷《ふなべり》に乗《の》り上《あ》げた。その時人々《ときひとびと》の顔《かお》に表《あらわ》れた何《な》んともいえない緊張《きんちょう》した表情《ひょうじょう》——それを君《きみ》は忘《わす》れる事《こと》が出来《でき》ない。次《つぎ》の瞬《しゅん》間《かん》には、わっと声《こえ》を挙《あ》げて男泣《おとこな》きに泣《な》くか、それとも我《わ》れを忘《わす》れて狂《くる》うように笑《わら》うか、そのどちらかをしそうな表情《ひょうじょう》——それを君《きみ》は忘《わす》れる事《こと》が出来《でき》ない。

凡《すべ》てこうした懸命《けんめい》な努力《どりょく》は、降《ふ》りしきる雪《ゆき》と、荒《あ》れ狂《くる》う水《みず》と、海面《かいめん》をこすって飛《と》ぶ雲《くも》とで表《あらわ》される自然《しぜん》の憤怒《ふんぬ》の中《なか》で行《おこな》われたのだ。怒《いか》った自《し》然《ぜん》の前《まえ》には、人間《にんげん》は塵一片《ちりいっぺん》にも及《およ》ばない。人間《にんげん》などと云《い》う存在《そんざい》は全《まった》く無《む》視《し》されている。それにも係《かかわ》らず君達《きみたち》

は頑固《がんこ》に自分達《じぶんたち》の存在《そんざい》を主張《しゅちょう》した。雲《くも》も風《かぜ》も海《うみ》も君等《きみら》を考《かんが》えには入《い》れていないのに、君達《きみたち》は強《し》いてもそれ等《ら》に君達《きみたち》を考《かんが》えさせようとした。

舷《ふなべり》を乗《の》り越《こ》して、奔馬《ほんば》のような波《なみ》頭《がしら》がつぎつぎにすり抜《ぬ》けて行《ゆ》く、それに腰《こし》まで浸《ひた》しながら、君達《きみたち》は船《ふね》の中《なか》に取《と》り残《のこ》された得物《えもの》を何《な》んでも構《かま》わず取上《とりあ》げて、それを働《はたら》かしながら進路《しんろ》を切《き》り開《ひら》こうとした。ある者《もの》は櫓《ろ》を拾《ひろ》いあてた。あるものは船板《ふないた》を、ある者《もの》は水柄杓《あかびしゃく》を、ある者《もの》はたかいの柄《え》を何物《なにもの》にもかえ難《がた》い武器《ぶき》のようにしっかり握《にぎ》っていた。而《そ》して舷《ふなべり》から身《み》を乗《の》り出《だ》して子供《こども》がするように水《みず》を漕《こ》いだり、浸水《あか》をかき出《だ》したりした。

吹《ふ》き落《お》ちる気《け》も見《み》せない嵐《あらし》は果《は》てもなく海上《かいじょう》を吹《ふ》きまくる。眼《め》に見《み》

える限《かぎ》りは唯波頭《ただなみがしら》ばかりだ。犬《いぬ》のような敏《さと》さで方角《ほうがく》を嗅《か》ぎ慣《な》れている漁夫達《ぎょふたち》も、今《いま》は東西《とうざい》の定《さだ》めようがない。東西南北《とうざいなんぼく》は一つの鉢《はち》の中《なか》で擦《す》り交《ま》ぜたようになってしまった。

薄青《うすあお》い闇黒《あんこく》。大叫喚《だいきょうかん》。外《ほか》には何《な》んにもない。

「死《し》にはしないぞ」――そんなはめになっても君《きみ》は妙《みょう》に落《お》ちついて薄気味《うすきみ》悪《わる》くこの一事《いちじ》を思《おも》いつづけた。

君《きみ》の前《まえ》には一人《ひとり》の若《わか》い漁夫《ぎょふ》がいた。その右《みぎ》の顳顬《こめかみ》の辺《あたり》から血《ち》が幾条《いくすじ》にもなって流《なが》れていた。それだけがはっきり君《きみ》の眼《め》に映《うつ》った。「死《し》にはしないぞ」――それを見《み》ると君《きみ》はまた深々《ふかぶか》とそう思《おも》った。

こういう必死《ひっし》な努力《どりょく》が何分間続《なんぶんかんつづ》いたのか、何時間続《なんじかんつづ》いたのか。時間《じかん》というものがすっかり亡《な》くなってしまったこの世界《せかい》では少《すこ》しも分《わか》らない。然《しか》しながら兎《と》に角君《かくきみ》が何物《なにもの》も入《い》れ得《え》ない心《こころ》の中《うち》に、疲労《ひろう》という感《かん》じを覚《おぼ》え出《だ》して、これは困《こま》った事《こと》になったと思《おも》った頃《ころ》だった、突然一人《とつぜんひとり》の漁夫《ぎょふ》が意味《いみ》の解《わか》らない言葉《ことば》を大《おお》きな声《こえ》で叫《さけ》んだのは。今《いま》までも五人《にん》が五人《にん》ながら始終何《しじゅうなに》か互《たがい》に叫《さけ》び続《つづ》けていたのだったが、この叫《さけ》び声《ごえ》は不思議《ふしぎ》に際立《きわだ》って皆《みな》んなの耳《みみ》に響《ひび》いた。

十九

残《のこ》る四人《にん》は思《おも》わずその漁夫《ぎょふ》の方《ほう》を向《む》いて、その漁夫《ぎょふ》が眼《め》をつけている方《ほう》に眼《め》を移《うつ》した。

船《ふね》！　船《ふね》!!

濃《こ》い吹雪《ふぶき》の幕《まく》のあなたに、さだかには見《み》えないが、波《なみ》の背《せ》に乗《の》って四十五度位《どくらい》の角度《かくど》に舳《へさき》を下《した》に向《む》けながら、帆《ほ》を一《いっ》ぱいに開《ひら》いて、矢《や》のように走《はし》って行《ゆ》く一艘《そう》の船《ふね》！

それを見《み》ると君《きみ》の胸《むね》をどきんと下《した》からつき上《あ》げて来《く》るものがあった。

君《きみ》は思《おも》わずすすり泣《な》きをしたいような心持《こころも》ちになった。何《なに》は偖《さ》て置《お》いても君等《きみら》はその船《ふね》を目懸《めが》けて助《たす》けを求《もと》めながら近寄《ちかよ》って行《ゆ》かねばならぬ筈《はず》だった。外《ほか》の人達《ひとたち》も君《きみ》と同様《どうよう》、確《たしか》に何物《なにもの》かを眼《め》の前《まえ》に認《みと》めたらしく、奇《き》怪《かい》な叫《さけ》び声《ごえ》を立《た》てた漁夫《ぎょふ》が眼《め》を大《おお》きく開《ひら》いて見《み》つめている辺《へん》を等《ひと》しく見《み》つめていた。その癖一人《くせひとり》として自分《じぶん》の船《ふね》をそっちに向《む》けようとしているらしい者《もの》はなかった。それを訝《いぶ》かる君自身《きみじしん》すら、唯心《ただこころ》がわくわくと感《かん》傷的《しょうてき》になりまさるばかりで、急《いそ》いで働《はたら》かすべき手《て》は却《かえっ》て萎《な》えてしまっていた。

白《しろ》い帆《ほ》を一《いっ》ぱいに開《ひら》いたその船《ふね》は、依然《いぜん》として舳《へさき》を下《した》に向《む》けたまま、矢《や》のように走《はし》って行《ゆ》く。降《ふ》りしきる吹雪《ふぶき》を隔《へだ》てた事《こと》だから、乗《の》り組《く》みの人《ひと》の数《かず》も判然《はっきり》とは見《み》えないし、水《みず》の上《うえ》に割合《わりあい》に高《たか》く現《あらわ》れた船《ふね》の胴《どう》も、木《き》の色《いろ》というよりは、白亜《はくあ》のような生白《なまじろ》さに見《み》えていた。而《そ》して不《ふ》思議《しぎ》な事《こと》には波《なみ》の腹《はら》に乗《の》っても波《なみ》の背《せ》に乗《の》っても、舳《へさき》は依然《いぜん》として下《した》に向《む》いたままである。風《かぜ》の強弱《きょうじゃく》に応《おう》じて帆《ほ》を上《あ》げ下《さ》げする様子《ようす》もない。いつまでも眼《め》の前《まえ》に見《み》えながら、四十五度位《どくらい》に舳《へさき》を下向《したむ》けにしたまま矢《や》よりも早《はや》く走《はし》って行《ゆ》く。

ぎょっとして気《き》がつくとその船《ふね》はいつの間《ま》にか水《みず》から離《はな》れていた。波《なみ》頭《がしら》から三段《だん》も上《うえ》と思《おも》われる辺《へん》を船《ふね》は傾《かし》いだまま矢《や》よりも早《はや》く走《はし》っている。君《きみ》の頭《あたま》はかーんとして竦《すく》み上《あが》った。同時《どうじ》に段々船《だんだんふね》は大《おお》きくぼやけていった。何時《いつ》の間《ま》にかその胴体《どうたい》は消《き》えて失《な》くなって、唯真白《ただまっしろ》い帆《ほ》だけが矢《や》よりも早《はや》く動《うご》いている。と思《おも》う間《ま》もなくその白《しろ》い大《おお》きな帆《ほ》さえがそこにはもうなかった。

怒濤《どとう》、白沫《はくまつ》、さっさっと降《ふ》りしきる雪《ゆき》、眼《め》をかすめて飛《と》び交《かわ》す雲《くも》の霧《きり》。自然《しぜん》の大叫喚《だいきょうかん》……その真中心《まっただなか》に頼《たよ》りなく揉《も》みさいなまれる君達《きみたち》の小《ちい》さな水船《みずぶね》……やっぱりそれだけだっだ。

生死《せいし》の間《あいだ》にさまよって、疲《つか》れながらも緊張《きんちょう》し切《き》った神経《しんけい》に起《おこ》る幻覚《ハルシネーション》だったのだと気《き》が付《つ》くと、君《きみ》は急《きゅう》に力《ちから》をもぎ取《と》られたように思《おも》った。

奇怪《きかい》な叫《さけ》び声《ごえ》を立《た》てた漁夫《ぎょふ》は、やがて眠《ねむ》るようにおとなしく気《き》を失《うしな》って、胴《どう》の間《ま》にぶっ倒《たお》れてしまった。

「死《し》にはしないぞ」

不思議《ふしぎ》な事《こと》には、そのぶっ倒《たお》れた男《おとこ》を見《み》るにつけても君《きみ》は懲《こり》ずまに薄《うす》気味悪《きみわる》くそう思《おも》いつづけた。

二十

君達《きみたち》がほんとうに一艘《そう》の友船《ともぶね》と出《で》喰《く》わしたまでには、どれ程《ほど》の時間《じかん》がたっていたろう。然《しか》し兎《と》に角運命《かくうんめい》は君達《きみたち》には無関心《むかんしん》ではなかったと見《み》える。急《きゅう》に十倍《ばい》の力《ちから》を回復《かいふく》したように見《み》えた漁夫達《ぎょふたち》が、必死《ひっし》になって君《きみ》の船《ふね》とその船《ふね》とを繋《つな》ぎ合《あわ》せ、半分《はんぶん》がた凍《こお》ってしまった帆《ほ》を形《かたち》ばかりに張《は》り

上《あ》げて、風《かぜ》の追《お》うままに船《ふね》を走《はし》らせた時《とき》には、何《な》んとも云《い》えない幸福《こうふく》な期待《きたい》が、押《おさ》えても押《おさ》えてもむらむらと胸《むね》にこみ上《あ》げて来《き》た。

やがて行手《ゆくて》の波《なみ》の上《うえ》にぼんやりと雷電峠《らいでんとうげ》の突角《とっかく》が現《あらわ》れだした。足《あし》は海《うみ》の中《なか》に、頭《あたま》は雲《くも》の中《なか》に、胴《どう》は雪《ゆき》の中《なか》に、揉《も》みに揉《も》まれながら、決《けっ》して動《うご》かないものが始《はじ》めて現《あらわ》れた。それを見付《みつ》け出《だ》した時《とき》の漁夫達《ぎょふたち》の心《こころ》の勇《いさ》み……魚《うお》が水《みず》にあったような、野《や》獣《じゅう》が山《やま》に帰《かえ》ったような、太陽《たいよう》が西《にし》を見付《みつ》け出《だ》したようなその喜《よろこ》び……船《ふね》の中《なか》の人達《ひとたち》は思《おも》わず総立《そうだ》ちになった。心《こころ》まで総立《そうだ》ちになった。

「陸《りく》が見《み》えたぞ……北《きた》に取《と》れや舵《かじ》を、……隠《かく》れ岩《いわ》さ乗《の》り込《こ》ませんな……雪崩《なだれ》にも打《う》たせんなよう」

そういう声《こえ》がてんでんに人々《ひとびと》の口《くち》から喚《おめ》かれた。それにしてもひどく流《なが》されていたものだ。雷電峠《らいでんとうげ》からは五里《り》も離《はな》れた瀬《せ》にいたものが、何時《いつ》の間《ま》にか、こんな所《ところ》に来《き》ていたのだ。見《み》る見《み》る風《かぜ》と波《なみ》とに押《お》しやられて船《ふね》は吸《す》いつけられるように、吹雪《ふぶき》の間《あいだ》から真黒《まっくろ》に天《てん》まで聳《そび》え立《た》った断崖《だんがい》に近寄《ちかよ》って行《ゆ》くのを、漁夫達《ぎょふたち》はそうはさせまいと、帆《ほ》を立《た》てなおし、艪《ろ》を押《お》して、横波《よこなみ》を喰《く》わせながら舳《へさき》を北《きた》に向《む》けていった。

陸地《りくち》に近附《ちかづ》くと波《なみ》はなお怒《いか》る。鬣《たてがみ》を風《かぜ》に靡《なび》かして狂《くる》い暴《あば》れる野馬《やば》のように、波頭《なみがしら》は波《なみ》の穂《ほ》になり、波《なみ》の穂《ほ》は飛沫《ひまつ》になり、飛沫《ひまつ》はしぶきになり、しぶきは霧《きり》になり、霧《きり》はまた真白《まっしろ》い波《なみ》になって、息《いき》もつかせず跡《あと》から跡《あと》からと山裾《やますそ》に襲《おそ》いかかって行《ゆ》く。岸《きし》にうちつけた波《なみ》は煮《に》えくりかえった熱湯《ねっとう》をぶちつけたように、湯《ゆ》気《げ》のように白沫《はくまつ》を五丈《じょう》も六丈《じょう》も高《たか》く飛《と》ばして、反《そ》りを打《う》ちながら海《うみ》の中《なか》にどっと崩《くず》れこむ。

二十一

その猛烈《もうれつ》な力《ちから》を感《かん》じてか、断崖《だんがい》の出鼻《でばな》に降《ふ》り積《つも》って、徐々《じょじょ》に斜面《しゃめん》を辷《すべ》り降《ふ》って来ていた雪《ゆき》が、地面《じめん》との縁《ふち》から離《はな》れて、すさまじい地響《じひびき》と共《とも》に、何《なん》百丈《じょう》の高《たか》さから一気《いっき》になだれ落《お》ちる。巓《いただき》を離《はな》れた時《とき》には一握《ひとにぎ》りの銀末《ぎんまつ》に過《す》ぎない。それが見《み》る見《み》る大《おお》きさを増《ま》して、隕星《いんせい》のように白《しろ》い尾《お》を長《なが》く引《ひ》きながら、音《おと》も立《た》てずに驀地《まっしぐら》に落《おと》して来《く》る。あなやと思《おも》う間《ま》にそれは何十間《なんけん》にも亘《わた》る水晶《すいしょう》の大簾《おおすだれ》だ。ど、ど、どどどしーん……さあーっ……。広《ひろ》い海面《かいめん》が眼《め》の前《まえ》で真白《まっしろ》な平野《へいや》になる。山《やま》のような五十重《いおえ》の大波《おおなみ》は忽《たちま》ち逐《お》い退《の》けられて、そこには漣《さざなみ》一つ立《た》たない……その物《もの》すさまじさ。

君達《きみたち》の船《ふね》は悪鬼《あっき》に逐《お》い迫《せま》られたようにおびえながら、懸命《けんめい》に北東《ほくとう》へと舵《かじ》を取《と》る。磁石《じしゃく》のような陸地《りくち》の吸《きゅう》引力《いんりょく》から漸《ようや》く自由《じゆう》になった船《ふね》は、また揺《ゆ》れ動《うご》く波《なみ》の山《やま》と戦《たたか》わねばならぬ。

それでも岩内《いわない》の港《みなと》が波《なみ》の間《あいだ》に隠《かく》れたり見《み》えたりし出《だ》すと、漁夫達《ぎょふたち》の力《ちから》は急《きゅう》に五倍《ばい》も十倍《ばい》もした。今《いま》までの人数《にんずう》の倍《ばい》も乗《の》っているように船《ふね》は動《うご》いた。岸《きし》から打上《うちあ》げる眼印《めじるし》の烽火《のろし》が紫《むらさき》だって真暗《まっくら》な空《そら》の中《なか》でぱっと弾《はじ》けると、鬖々《さんさん》として火花《ひばな》を散《ち》らしながら闇《やみ》の中《なか》に消《き》えて行《ゆ》く。それを眼《め》がけて漁夫達《ぎょふたち》はあるだけの櫓《ろ》を黙《だま》ったままでひた漕《こ》ぎに漕《こ》いだ。その不《ふ》思議《しぎ》な沈黙《ちんもく》が、互《たがい》に呼《よ》びかわす惨《むご》たらしい叫《さけ》び声《ごえ》よりも力強《ちからづよ》く人々《ひとびと》の胸《むね》に響《ひび》いた。

船《ふね》が波《なみ》の上《うえ》に乗《の》った時《とき》には、波打《なみうち》際《ぎわ》に集《あつ》まって何《なに》か騒《さわ》いでいる群衆《ぐんしゅう》が見《み》やられるまでになった。やがて嵐《あらし》の間《あいだ》にも大砲《たいほう》のような音《おと》が船《ふね》ま

で届《とど》いて来《き》た。と思《おも》うと救助縄《きゅうじょなわ》が空《そら》をかける蛇《へび》のように曲《まが》りくねりながら、二、三段距《だんへだ》った水《みず》の中《なか》にざぶりと落《お》ちた。漁夫達《ぎょふたち》はその方《ほう》に船《ふね》を向《む》けようとひしめいた。第《だい》二の爆声《ばくせい》が聞《き》こえた。縄《なわ》は謬《あやま》たず船《ふね》に届《とど》いた。

二、三人《にん》の漁夫《ぎょふ》がよろけ転《まろ》びながらその縄《なわ》の方《ほう》に駆《か》けよった。

音《おと》は聞《きこ》えずに烽火《のろし》の火花《ひばな》が怪火《かいか》のように遥《はる》かの空《そら》の中《なか》にぱっと咲《さ》いてはすぐ散《ち》って行《ゆ》く。

船《ふね》は縄《なわ》に引《ひ》かれてぐんぐん陸《りく》の方《ほう》に近寄《ちかよ》って行《ゆ》く。水底《すいてい》が浅《あさ》くなった為《た》めに無二無三《むにむさん》に乱《みだ》れて立騒《たちさわ》ぐ波濤《はとう》の中《なか》を、互《たがい》にしっかりしがみ附《つ》いた二艘《そう》の船《ふね》は、半分水《はんぶんみず》の中《なか》を潜《くぐ》りながら、半死《はんし》の有様《ありさま》で進《すす》んで行《い》った。

君《きみ》は始《はじ》めて気《き》が付《つ》いたように年老《としお》いた君《きみ》の父上《ちちうえ》の方《ほう》を振《ふ》りかえって見《み》た。父上《ちちうえ》は膝《ひざ》から下《した》を水《みず》に浸《ひた》して舵《かじ》座《ざ》に坐《すわ》ったまま、じっと君《きみ》を見詰《みつ》めていた。今《いま》まで絶《た》えず君《きみ》と君《きみ》の兄上《あにうえ》とを見詰《みつ》めていたのだ。そう思《おも》うと君《きみ》は何《な》んともいえない骨肉《こつにく》の愛着《あいちゃく》にきびしく捕《とら》えられた。君《きみ》の眼《め》には不覚《ふかく》にも涙《なみだ》が浮《うか》んだ。君《きみ》の父上《ちちうえ》はそれを見《み》た。

「あなたが助《たす》かってよござんした」

「お前《まえ》が助《たす》かってよかった」

二人《ふたり》の眼《め》は互《たがい》にそう云《い》い合《あ》った。而《そ》してこの嬉《うれ》しい言葉《ことば》を語《かた》る眼《め》から互々《たがいたがい》の眼《め》は離《はな》れようとしなかった。そうしたままで暫《しば》らく過《す》ぎた。

二十二

君《きみ》は満足《まんぞく》し切《き》って又《また》働《はたら》き始《はじ》めた。もう眼《め》の前《まえ》には岩内《いわない》の町《まち》が、汚《きたな》く貧《まず》しいけれども君《きみ》に取《と》ってはなつかしい岩内《いわない》の町《まち》が、新《あたら》しく生《うま》れ出《で》たばかりのように立《た》ち列《つらな》っていた。水難《すいなん》救済会《きゅうさいかい》の制服《せいふく》を着《き》た人達《ひとたち》が、右往《うおう》左往《さおう》にかけ廻《まわ》る有様《ありさま》もまざまざと眼《め》に映《うつ》った。

何《な》んともいえない勇《いさ》ましい新《あたら》しい力《ちから》——上《あ》げ潮《しお》のように腹《はら》のどん底《ぞこ》からむらむらと湧《わ》き出《だ》して来《く》る新《あたら》しい力《ちから》を感《かん》じて、君《きみ》は「さあ来《こ》い」と云《い》わんばかりに櫓《ろ》をつぶれる程《ほど》押《お》し掴《つか》んだ。而《そ》して矢声《やごえ》をかけながら漕《こ》ぎ始《はじ》めた。涙《なみだ》が後《あと》から後《あと》からと君《きみ》の頬《ほほ》を伝《つた》って流《なが》れた。

啞《おし》のようだった外《ほか》の漁夫達《ぎょふたち》の口《くち》からも矢庭《やにわ》に勇《いさ》ましい懸《か》け声《ごえ》が溢《あふ》れ出《で》て君《きみ》の声《こえ》に応《おう》じた。櫓《ろ》は梭《おさ》のように波《なみ》を切《き》り破《やぶ》って働《はたら》いた。

岸《きし》の人達《ひとたち》が呼《よ》びおこす声《こえ》が君《きみ》の耳《みみ》に這入《はい》るまでになった。と思《おも》うと君《きみ》は段々夢《だんだんゆめ》の中《なか》に引《ひ》き込《こ》まれるようなぼんやりした感《かん》じに襲《おそ》われて来《き》た。君《きみ》はもう一度君《いちどきみ》の父上《ちちうえ》の方《ほう》を見《み》た。父上《ちちうえ》は舵座《かじざ》に坐《すわ》っている。然《しか》しその姿《すがた》は君《きみ》の心《こころ》に何等《なんら》の感《かん》じをも引《ひ》き起《おこ》さなかった。

船底《ふなぞこ》にじゃりじゃりと砂《すな》の触《ふ》れる音《おと》が伝《つた》わった。船《ふね》は滞《とどこお》りなく、君《きみ》が生《うま》れ君《きみ》が育《そだ》てられたその土《つち》の上《うえ》に乗《の》り上《あ》げた。

「死《し》にはしなかったぞ」

と君《きみ》は思《おも》った。同時《どうじ》に君《きみ》の眼《め》の前《まえ》は見《み》る見《み》る真暗《まっくら》になった。君《きみ》はその後《あと》を知《し》らない。

異邦人《いほうじん》のように君《きみ》の心《こころ》は外《ほか》の漁夫《ぎょふ》達《たち》から離《はな》れて、握《にぎ》り飯《めし》を口《くち》に運《はこ》びながら、君《きみ》はこんな事《こと》を想《おも》い出《だ》す。何《な》んという真剣《しんけん》な而《しか》して険《けわ》しい生活《せいかつ》だろう。人間《にんげん》というものは生《い》きるために、死《し》の側近《そばちか》くまで行《ゆ》かなければならないのだ。謂《い》わば捨《す》て身《み》になってこっちから死《し》に近《ちか》づいて、死《し》の油断《ゆだん》を見《み》すまして、かっさらいのように生《せい》の一片《いっぺん》をひったくって逃《に》げて来《く》るのだ。死《し》は知《し》らん振《ふり》をしてそれを見《み》ている。人間《にんげん》は奪《うば》い取《と》って来《き》た生《せい》をたしなんでしゃぶるけれども程《ほど》なくその生《せい》は尽《つ》きて行《ゆ》く。そうすると又《また》死《し》の眼《め》の色《いろ》を見《み》すまして、偸《ぬす》み足《あし》で死《し》の方《ほう》に近寄《ちかよ》って行《ゆ》く。ある者《もの》は死《し》が余《あま》り無頓着《むとんちゃく》そうに見《み》えるので、気《き》を許《ゆる》して、少《すこ》し大胆《だいたん》に高慢《こうまん》に振舞《ふるま》おうとする。と鬼一口《おにひとくち》だ。もうその人《ひと》は地《ち》の上《うえ》にはいない。ある者《もの》は年《とし》と共《とも》に生意地《いきいじ》がなくなっていって、死《し》の姿《すがた》が恐《おそ》ろしく眼《め》に映《うつ》り始《はじ》める。而《しか》してそれに近寄《ちかよ》るのを躊躇《ちゅうちょ》する。そうすると死《し》はやおら物憂《ものう》げな腰《こし》を持《も》ち上《あ》げて、そろそろとその人《ひと》に近《ちか》づいて来《く》る。ガラガラ蛇《へび》に見込《みこ》まれた小鳥《ことり》のようにその人《ひと》は逃《に》げも得《え》しないですくんでしまう。次《つ》ぎの瞬間《しゅんかん》にもうその人《ひと》は地《ち》の上《うえ》にはいない。人《ひと》の生《い》きて行《ゆ》く姿《すがた》はそんな風《ふう》にも思《おも》われる。その中《うち》にも漁夫《ぎょふ》の生活《せいかつ》のし方《かた》は激《はげ》しい。彼等《かれら》は死《し》に対《たい》して喧嘩《けんか》をしかけんばかりの切羽《せっぱ》つまった心持《こころも》ちで出懸《でか》けて行《ゆ》く。君《きみ》の眼《め》から見《み》た彼等《かれら》の生活《せいかつ》はほんとに悲壮《ひそう》だ。彼等《かれら》がそれを意識《いしき》せずに、生《い》きるという事《こと》はこうしたものだとあきらめをつけて、疑《うたが》いもせず、不平《ふへい》も云《い》わず、自分《じぶん》の為《た》めに、自分《じぶん》の養《やしな》わなければならない親《おや》や妻《つま》や子《こ》の為《た》めに、毎日毎日板子《まいにちまいにちいたご》一枚《まい》の裏《うら》は地獄《じごく》のような境界《きょうかい》に身《み》を投《な》げ出《だ》してせっせと骨身《ほねみ》を惜《お》しまず働《はたら》く姿《すがた》は本統《ほんとう》に悲壮《ひそう》だ。而《しか》して惨《みじ》めだ。何《な》んだって人間《にんげん》というものはこんなしが無《な》い苦労《くろう》をして生《い》きて行《ゆ》かなければならないのだろう。

二十三

世《よ》の中《なか》には、殊《こと》に君《きみ》が少年時代《しょうねんじだい》を過《す》ごした都会《とかい》には、毎日毎日安逸《まいにちまいにちあんいつ》に生《せい》を食《しょく》傷《しょう》する程《ほど》貪《むさぼ》って一生《いっしょう》を送《おく》っている人《ひと》もある。都会《とかい》とはいうまい、岩内《いわない》にも、年々《ねんねん》の不漁《ふりょう》でさびれこんでばかり行《ゆ》く岩内《いわない》にも、二、三百万円《まんえん》の富《とみ》を父《ちち》から受《う》け嗣《つ》いで、小樽《おたる》に立派《りっぱ》な別宅《べったく》を構《かま》えてそこに妾《めかけ》を置《お》いている若《わか》い男《おとこ》もいる。君《きみ》はその男《おとこ》を知《し》っていた。少年《しょうねん》の時分《じぶん》には同《おな》じ小学校《しょうがっこう》で、教場《きょうじょう》まで一《ひと》つだったのに、十年《ねん》かそこらの年月《としつき》で二人《ふたり》の生活《せいかつ》は雲泥《うんでい》の相異《そうい》になってしまっている。君《きみ》はそんな人達《ひとたち》を羨《うらや》ましいとは思《おも》わない。然《しか》しそれは君《きみ》に謎《なぞ》のような、不思議《ふしぎ》な、心持《こころもち》を起《おこ》させる。そんな人達《ひとたち》が生《せい》を楽《たのし》むというのには道理《どうり》がありそうに見《み》える。然《しか》し君《きみ》の周囲《しゅうい》にいる人達《ひとたち》が、何故《なにゆえ》あんな恐《おそ》ろしい、生死《せいし》の境《さかい》の中《なか》からも生《い》きる事《こと》を僥倖《ぎょうこう》しようとはあせるのだろう。

其人達《そのひとたち》は他人眼《ひとめ》には如何《どう》しても不幸《ふこう》な人達《ひとたち》といわなければならない。然《しか》し君《きみ》の不幸《ふこう》に比《くら》べて見《み》ると、遥《はる》かに幸福《こうふく》だと云《い》わなければならない。何故《なにゆえ》だというと、彼等《かれら》には兎《と》にも角《かく》にもそういう生活《せいかつ》をする事《こと》がそのまま生《い》きる事《こと》なのだ。彼等《かれら》は奇麗《きれい》さっぱりとあきらめをつけて、そういう生活《せいかつ》の中《なか》に、頭《あたま》からはまり込《こ》んでいる。少《すこ》しも疑《うたが》ってはいない。それなのに、君《きみ》は断《た》えずいらいらして、目《もく》前《ぜん》の生活《せいかつ》を疑《うたが》っている。君《きみ》は喜《よろこ》んで両親《りょうしん》の為《た》めに、君《きみ》の家《いえ》の苦《くる》しい生《せい》活《かつ》の為《た》めに、君《きみ》の頑丈《がんじょう》な力強《ちからづよ》い肉《にく》体《たい》を提供《ていきょう》している。父上《ちちうえ》の仮初《かりそ》めの風邪《ふうじゃ》が癒《なお》って、暫《しば》らくぶりで一緒《いっしょ》に漁《りょう》に出《で》て、夕方家《ゆうがたいえ》に帰《かえ》って来《き》てから、一家《いっか》がむつまじくちゃぶ台《だい》のまわりを囲《かこ》んで、暗《くら》い五燭《ごしょく》の電灯《でんとう》の下《した》で箸《はし》を取《と》り上《あ》げる時《とき》、父上《ちちうえ》が珍《めず》らしく木彫《きぼ》りのような固《かた》い顔《かお》に微笑《びしょう》を湛《たた》えて、

「今夜《こんや》ははあおまんまが甘《うめ》えぞ」

といって、飯茶碗《めしぢゃわん》を一寸押《ちょっとおし》いただくように眼八分《めはちぶ》に持《も》ち上《あ》げるのを見《み》る時《とき》なぞは、君《きみ》は何《な》んといっても、心《こころ》からの幸福《こうふく》を感《かん》ぜずにはいられない。君《きみ》は目前《もくぜん》の生活《せいかつ》を決《けっ》して悔《くや》んでいる訳《わけ》ではないのだ。それにも係《かか》わらず君《きみ》はすぐ暗《くら》い心《こころ》になってしまう。

「画《え》が描《か》きたい」

君《きみ》は寝《ね》ても起《お》きても、祈《いの》りのようにこの一つの望《のぞ》みを胸《むね》の中《うち》に大事《だいじ》にかき抱《いだ》いているのだ。その望《のぞ》みをふり捨《す》ててしまう事《こと》が出来《でき》ないのだ。雨《あめ》の日《ひ》などに土間《どま》に坐《すわ》り込《こ》んで、兄《あに》上《うえ》や妹《いもうと》さんなぞと一緒《いっしょ》に、配縄《はいなわ》の繕《つくろ》いをする時《とき》、どうかした拍子《ひょうし》に皆《みん》なが仕事《しごと》に夢中《むちゅう》になって、睦《むつ》まじく交《かわ》していた世間《せけん》話《ばなし》すら途《と》絶《だ》えさして、黙《だま》りこんで手《て》の先《さ》きばかりを忙《いそが》しく働《はたら》かすような瞬間《しゅんかん》に、君《きみ》は我《わ》れにもなく手《て》を休《やす》めて、夢《ゆめ》でも見《み》るようにぼんやり君《きみ》が見《み》て置《お》いた山《やま》の景色《けしき》を思《おも》い出《だ》している事《こと》がある。この山《やま》とあの山《やま》との距《へだた》りの感《かん》じは、境《さかい》の線《せん》をこういう曲線《きょくせん》で力強《ちからづよ》く描《か》きさえすれば、屹度《きっと》いいにちがいないというような事《こと》を夢中《むちゅう》になって思《おも》い込《こ》んで

しまう。而《そ》して鋏《はさみ》を持《も》った手《て》の先《さ》きで、自然《ひとりで》に、想像《そうぞう》した曲線《きょくせん》を膝《ひざ》の上《うえ》に幾度《いくたび》も幾度《いくたび》も描《か》いては消《け》し描《か》いては消《け》ししている。

二十四

又《また》ある時《とき》は沖《おき》に出《で》て、配縄《はいなわ》をたぐり上《あ》げる大事《だいじ》な忙《いそが》わしい時《とき》に、君《きみ》は板子《いたご》の上《うえ》に坐《すわ》って、二本《ほん》ならべて立《た》てたビール瓶《びん》の間《あいだ》から配縄《はいなわ》をたぐり込《こ》んで、釣《つ》りあげられた明鯛《すけそう》が瓶《びん》にせかれる為《た》めに、針《はり》の縁《ふち》を離《はな》れて胴《どう》の間《ま》にばちばち跳《は》ねながら落《お》ちてゆくのをじいっと見《み》やっている。而《そ》してクリムソンレーキを水《みず》に薄《うす》く溶《と》かしたよりはもっと鮮明《せんめい》な光《ひか》りのある鱗《うろこ》の色《いろ》に吸《す》いつけられて、思《おも》わずぼんやりと手《て》の働《はたら》きをとめてしまう。そういう時《とき》にはっと我《わ》れに返《かえ》った瞬《しゅん》間《かん》ほど君《きみ》を惨《みじ》めにするものはない。居睡《いねむ》りをしていたのを見付《みつ》けられでもしたように、君《きみ》はきょとんとして周囲《あたり》を見廻《みまわ》して見《み》る。ある時《とき》は兄上《あにうえ》や妹《いもうと》さんが暗《くら》まって行《ゆ》く夕方《ゆうがた》の光《ひかり》になお気《き》ぜわしく眼《め》を縄《なわ》によせて、せっせとほつれを結《ゆわ》えたり、切《き》れ目《め》をつないだりしている。ある時《とき》は漁《ぎょ》夫達《ふたち》が寒《さむ》さに手《て》を海老《えび》のように赤《あか》くへし曲《ま》げながら、息《いき》せき切《き》って配縄《はいなわ》をたくし上《あ》げている。君《きみ》は子供《こども》のように耳許《みみもと》まで赤面《せきめん》する。

「何《な》んというしだらのない二重生活《にじゅうせいかつ》だ。俺《おれ》は一体俺《いったいおれ》に与《あた》えられた運《うん》命《めい》の生活《せいかつ》に男《おとこ》らしく服従《ふくじゅう》する覚悟《かくご》でいるんじゃないか。それだのにまだ小《ちっ》ぽけな才能《さいのう》に未練《みれん》を残《のこ》して、柄《がら》にもない野心《やしん》を捨《す》てかねていると見《み》える。俺《おれ》はどっちの生活《せいかつ》にも真剣《しんけん》にはなれないのだ。俺《おれ》の画《え》に対《たい》する熱心《ねっしん》は、俺《おれ》を画《え》かきにするにはあり余《あま》る程《ほど》あるのだが、それだけの力《ちから》があるかどうかという事《こと》になると、判《はん》断《だん》のしようがなくなる。勿論《もちろん》俺《おれ》に画《え》の描《か》き方《かた》を教《おし》えてくれた人《ひと》もなければ、俺《おれ》の画《え》を見《み》てくれる人《ひと》もない。岩内《いわない》の町《まち》でのたった一人《ひとり》の話相手《はなしあいて》なるK《ケー》は、俺《おれ》の画《え》を見《み》る度毎《たびごと》に感心《かんしん》してくれる。而《そ》して如何《どう》しても画《え》かきになれと勧《すす》めてくれる。然《しか》しK《ケー》は第《だい》一俺《おれ》の友達《ともだち》だし、第《だい》二に画《え》が俺以《おれい》上《じょう》に判《わか》るとは思《おも》われない。K《ケー》の言葉《ことば》はいつでも俺《おれ》を励《はげ》まし鞭《むち》ってくれる。然《しか》し俺《おれ》はいつでもその後《うしろ》に己惚《うぬぼ》れさせられていはしないかという不《ふ》安心《あんしん》を感《かん》ぜずにはいられないのだ。如何《どう》すればこの二重生活《にじゅうせいかつ》を突《つ》き抜《ぬ》

ける事《こと》が出来《でき》るのだろう。生《うま》れから云《い》っても、今《いま》までの運命《うんめい》から云《い》っても俺《おれ》は漁夫《ぎょふ》で一生《いっしょう》を終《お》えるのが相当《そうとう》しているらしい。K《ケー》もあの気《き》むずかしい父《ちち》の下《もと》で、調剤師《ちょうざいし》で暮《くら》す決心《けっしん》を、悲《かな》しくもしてしまったようだ。俺《おれ》から見《み》るとK《ケー》こそは立派《りっぱ》な文学者《ぶんがくしゃ》になれそうな男《おとこ》だけれども、K《ケー》は誇張《こちょう》なく自分《じぶん》の運命《うんめい》を諦《あきら》めている。悲《かな》しくも諦《あきら》めている。待《ま》てよ。悲《かな》しいというのは本統《ほんとう》はK《ケー》の事《こと》ではない。そう思《おも》って居《い》る俺自身《おれじしん》の事《こと》だ。俺《おれ》は本統《ほんとう》に悲《かな》しい男《おとこ》だ。親父《おやじ》にも済《す》まない。兄《あに》や妹《いもうと》にも済《す》まない。この一生《いっしょう》をどんな風《ふう》に過《す》ごしたら俺《おれ》は本統《ほんとう》に俺《おれ》らしい生《い》き方《かた》が出来《でき》るんだろう」

　そこに居《い》ならんだ漁夫達《ぎょふたち》の間《あいだ》にどっしりと男《おとこ》らしい頑丈《がんじょう》な胡坐《あぐら》の膝《ひざ》を組《く》みながら、君《きみ》は彼等《かれら》とは全《まった》く異邦《いほう》の人《ひと》のような淋《さび》しい心持《こころも》ちになってこんな事《こと》を思《おも》いつづける。

　やがて漁夫達《ぎょふたち》はそこらを片付《かたづ》けてやおら立《た》ちあがると、胴《どう》の間《ま》に降《ふ》り溜《たま》った雪《ゆき》を摘《つま》んで、手《て》の平《ひら》で擦《こす》り合《あわ》せて、指《ゆび》に粘《ねば》りついた飯粒《めしつぶ》を落《おと》した。而《そ》して配縄《はいなわ》の引《ひ》き上《あ》げにかかった。

二十五

　西《にし》に舂《うすづ》き出《だ》すと日脚《ひあし》はどんどん歩《あゆ》みを早《はや》める。おまけに上《うえ》から吹《ふ》きおろす風《かぜ》に、海面《かいめん》は弾力《だんりょく》を持《も》ったなぎ方《かた》をして、その上《うえ》を霰《あられ》まじりの粉雪《こゆき》がさーっと来《き》ては過《す》ぎ、過《す》ぎては来《く》る。君達《きみたち》は手袋《てぶくろ》もはめない両《りょう》の手《て》を蟹《かに》のように真赤《まっか》にかじかましながら氷点以下《ひょうてんいか》の温度《おんど》の水《みず》でぐっしょり濡《ぬ》れた配縄《はいなわ》を一端《いったん》からたぐり上《あ》げる。三間《けん》四間《けん》おき位《くらい》に、眼《め》の下《した》二尺《しゃく》もあるような鱈《たら》がびちびち跳《は》ねながら胴《どう》の間《ま》に放《ほう》りこまれる。

三里《り》に亘《わた》る配縄《はいなわ》を全然《すっかり》たくし込《こ》んで仕舞《しま》う頃《ころ》には、海《うみ》の上《うえ》は少《すこ》し墨汁《すみじる》を加《くわ》えた牛乳《ぎゅうにゅう》のようにぼんやりと暮《く》れ残《のこ》って、そこらに見《み》やられる漁《ぎょ》船《せん》のあるものは、帆《ほ》を張《は》り上《あ》げて港《みなと》を目指《めざ》すものあり、なお淋《さび》しい掛《か》け声《ごえ》を海《うみ》の面《おもて》に響《ひび》かして忙《せ》かしく配縄《はいなわ》をたぐり上《あ》げているものもある。夕《ゆう》暮《ぐ》れに海上《かいじょう》に点々《てんてん》と浮《うか》んだ小船《こぶね》を見亘《みわた》すのは悲《かな》しいものだ。そこに人《ひと》の生活《せいかつ》の末端《まったん》があるのだ。

君達《きみたち》の船《ふね》は海風《かいふう》がなぎて、陸風《りくふう》に変《かわ》らない中《うち》にと帆《ほ》を立《た》て、櫓《ろ》を押《お》して陸地《りくち》を目懸《めが》ける。晴《は》れては曇《くも》る雪《ゆき》時雨《しぐれ》の間《あいだ》に、岩内《いわない》の後《うしろ》に聳《そび》える山々《やまやま》が高《たか》いのから先《さき》に、水平線上《すいへいせんじょう》に現《あらわ》れ出《で》る。船唄《ふなうた》を唄《うた》い連《つ》れながら、漁夫《ぎょふ》達《たち》は見慣《みな》れた山々《やまやま》の頂《いただ》きをつなぎ合《あわ》せて、港《みなと》のありかをそれと見定《みさだ》める。

そこには妻《つま》や母《はは》や娘達《むすめたち》が、寒《さむ》い夕風《ゆうかぜ》に吹《ふ》かれながら、浜《はま》に寄《よ》り集《あつ》まって噂《うわさ》取《と》り取《ど》りに君達《きみたち》の帰《かえ》りを待《ま》ち侘《わ》びているのだ。

是《こ》れも牛乳《ぎゅうにゅう》のような寒《さむ》い夕靄《ゆうもや》に包《つつ》まれた雷電峠《らいでんとうげ》の突角《とっかく》がいかつく大《おお》きく見《み》え出《だ》すと、防波堤《ぼうはてい》の突先《とっさき》にある灯台《とうだい》の火《ひ》が明滅《めいめつ》して船路《ふなじ》を照《て》らし始《はじ》める。毎日《まいにち》の事《こと》ではあるけれども、それを見《み》ると、君《きみ》と云《い》わず人々《ひとびと》の胸《むね》の中《なか》には今日《きょう》も先《ま》ず命《いのち》は無事《ぶじ》だったという底深《そこぶか》い喜《よろこ》びがひとりでに湧《わ》き出《で》て来《く》るのだ。漁夫達《ぎょふたち》の船唄《ふなうた》は一段《いちだん》と勇《いさ》ましくなって、君《きみ》の父上《ちちうえ》は船《ふね》の艫《とも》に漁獲《ぎょかく》を標示《ひょうじ》する旗《はた》を立《た》てる。その旗《はた》がばたばたと風《かぜ》に煽《あお》られて音《おと》を立《た》てる、その音《おと》がいい。

もう間近《まぢか》になった岩内《いわない》の町《まち》は、光《ひかり》のない黄色《きいろ》い街灯《がいとう》の灯《ともしび》の外《ほか》には、まだ灯火《ともしび》もとぼさずに黒《くろ》く淋《さび》しく横《よこ》たわっている。雪《ゆき》のむら消《き》えた砂浜《すなはま》には、今朝《けさ》と同様《どうよう》に女達《おんなたち》が彼処此処《かしこここ》といくつかの固《かた》い群《むれ》になって、石《いし》ころのようにこちんと立《た》っている。白波《しらなみ》

が幽《かす》かな音《おと》を立《た》ててその足許《あしもと》に行《い》っては消《き》え、行《い》っては消《き》える。

帆《ほ》が卸《おろ》された。船《ふね》は海岸近《かいがんちか》くの波《なみ》に激《はげ》しく上下動《じょうげどう》を喰《く》いながら、段々《だんだん》と汀《みぎわ》に近《ちか》よって行《ゆ》く。海産物製造会《かいさんぶっせいぞうがい》社《しゃ》の印半天《しるしばんてん》を着《き》たり、外套《がいとう》を深々《ふかぶか》と羽織《はお》ったりした男 達《おとこたち》が、右往左往《うおうさおう》に走《はし》りまわるその辺《へん》を目《め》がけて、舳《へさき》に立《た》っていた君《きみ》の兄上《あにうえ》が、手慣《てな》れた腕《うで》でさっと友綱《ともづな》を投《な》げると、それがすぐ幾人《いくにん》もの男女《だんじょ》の手《て》で引張《ひっぱ》られる。船《ふね》は舵《かじ》の辺《あた》りに波《なみ》のしぶきを喰《く》いながら、どんどん砂浜《すなはま》に近《ちか》よって、やがてじゃりじゃりと音《おと》をたてて動《うご》かなくなる。

漁夫達《ぎょふたち》は櫓《ろ》を引込《ひきこ》めると猿《さる》のように舷《ふなべり》を伝《つた》って陸《りく》に飛《と》び上《あが》る。そこには女 達《おんなたち》がいるのだ。海産物製造会《かいさんぶっせいぞうがい》社《しゃ》の人夫達《にんぷたち》は、君達《きみたち》と交《まじ》って船《ふね》の中《なか》に跳《おど》りこむ。而《そ》してまだ死《し》に切《き》らない鱈《たら》の尾《お》をつかんで礫《つぶて》のように砂《すな》の上《うえ》に放《ほ》り出《だ》す。浜《はま》に待《ま》ちかまえている男 達《おとこたち》は、眼《め》にもとまらない早業《はやわざ》で数《かず》をかぞえながら魚《うお》を畚《もっこ》の中《なか》にたたき込《こ》む。漁夫達《ぎょふたち》は吉例《きつれい》のように会社《かいしゃ》の数取《かずとり》人に対《たい》して何《なに》かと故障《こしょう》を云《い》い立《た》ててわめく。一日《にち》ひっそりかんとしていた浜《はま》もこの暫《しば》らくの間《あいだ》だけはさすがに賑《にぎ》やかな気分《きぶん》になる。景気《けいき》にまき込《こ》まれた女 達《おんなたち》の中《なか》のある者《もの》まで男《おとこ》と一緒《いっしょ》になって喧嘩腰《けんかごし》に物《もの》を云《い》い募《つの》る。

二十六

然《しか》しこの賑《にぎわ》いも永《なが》い間《あいだ》ではない。命《いのち》を放《な》げ出《だ》さんばかりの険《けわ》しい一日《にち》の労働《ろうどう》で得《え》て来《き》た結果《けっか》は、僅《わず》か十数《すう》分《ぶん》の間《あいだ》でたわいもなく会社《かいしゃ》の人達《ひとたち》に処分《しょぶん》されてしまうのだ。君《きみ》が君《きみ》の妹《いもうと》を女 達《おんなたち》の群《む》れの中《なか》から見付《みつ》け出《だ》して、忙《いそ》がしく眼《め》を見交《みかわ》し、言葉《ことば》を交《かわ》す暇《いとま》もなく、浜《はま》の上《うえ》には乱暴《らんぼう》に踏《ふ》みにじられた砂《すな》ばかり残《のこ》っている。而《そ》して人夫達《にんぷたち》は跡《あと》をも見《み》ずに又《また》他《た》の漁船《ぎょせん》の方《ほう》に走《はし》って行《ゆ》く。

こうして岩内中《いわないじゅう》の漁夫達《ぎょふたち》が一生《いっしょう》懸命《けんめい》に捕獲《ほかく》して来《き》た魚《うお》は瞬《また》く中《うち》にさらわれてしまって、墨《すみ》のように煙突《えんとつ》から煙《けぶり》を吐《は》く会社《かいしゃ》の製造所《せいぞうしょ》へと運《はこ》ばれてしまう。

夕焼《ゆうや》けもなく日《ひ》はとっぷりと暮《く》れて、雪《ゆき》は紫《むらさき》に、灯《ともしび》は光《ひかり》もなく赤《あか》く見《み》える夜《よ》になってしまう。君達《きみたち》は今朝《けさ》の通《とお》りに幾《いく》かたまりかの黒《くろ》い影《かげ》になって、疲《つか》れ切《き》った五体《ごたい》を銘々《めいめい》の家《いえ》路《じ》に運《はこ》んで行《ゆ》く。寒気《かんき》に五臓《ごぞう》まで締《し》

めつけられたような君達《きみたち》は口《くち》をきくのさえ物惰《ものう》い。女達《おんなたち》がはしゃいだ調子《ちょうし》で、その日《ひ》の中《うち》に陸《りく》の上《うえ》で起《おこ》った色々《いろいろ》な出来事《できごと》——色々《いろいろ》な出来事《できごと》といっても、際立《きわだ》って珍《めずら》しい事《こと》や面白《おもしろ》い事《こと》は一つもない——を話《はな》し立《た》てるのを、ぶっつり押黙《おしだま》ったままで聞《き》きながら歩《ある》く。然《しか》しそれが何《な》んという快《こころよ》さだろう。

然《しか》し君《きみ》の家《いえ》が近《ちか》くなるにつれて、妙《みょう》に君《きみ》の心《こころ》を脅《おびや》かし始《はじ》めるものがある。それは近年《きんねん》引《ひ》き続《つづ》いて君《きみ》の家《いえ》に起《おこ》った色々《いろいろ》な不幸《ふこう》がさせる業《わざ》だ。長《なが》病《わずら》いの後《のち》に良人《おっと》に先立《さきだ》った君《きみ》の母上《ははうえ》に始《はじ》まって、君《きみ》の家族《かぞく》の周囲《しゅうい》には妙《みょう》に死《し》ぬ人《ひと》が多《おお》かった。汗水《あせみず》が凝《こ》り固《かたま》って出来《でき》たような銀行《ぎんこう》の貯金《ちょきん》は、その銀行《ぎんこう》の破産《はさん》の為《た》めに水《みず》の泡《あわ》になってしまった。命《いのち》とかけがえの漁《ぎょ》場《じょう》が、間違《まちが》った防波堤《ぼうはてい》の設計《せっけい》の為《た》めに、全然《すっかり》役《やく》に立《た》たなくなってしまった事《こと》は前《まえ》にも云《い》った通《とお》りだ。耐《こら》え性《しょう》のない人《ひと》の寄《よ》り集《あつ》まりなら、身代《しんだい》ががっくりと朽木《くちき》のように折《お》れ倒《たお》れるのは当然《あたりまえ》と云わなければならない。唯君《ただきみ》の家《いえ》では父上《ちちうえ》も兄上《あにうえ》も根性骨《こんじょうぼね》の強《つよ》い正直《しょうじき》な人達《ひとたち》だったので、凡《すべ》ての激《はげ》しい運命《うんめい》を真正面《ましょうめん》から受《う》け取《と》って、骨身《ほねみ》を惜《お》しまず働《はたら》いていたから、曲《まが》ったなりにも今日今日《こんにちこんにち》を事《こと》欠《か》かぬだけには過《す》ごして来《き》たのだ。然《しか》し君《きみ》の家《いえ》を襲《おそ》ったような運命《うんめい》の圧迫《あっぱく》はそこいら中《じゅう》に起《おこ》っていた。軒《のき》を並《なら》べて住《す》みなしていると、どこの家《いえ》にもそれ相当《そうとう》な生計《くらし》が立《た》てられているようだけれども、一軒《けん》一軒《けん》に立《た》ち入《い》って見《み》ると、この頃《ごろ》の岩内《いわない》の町《まち》には、鼻《はな》を酸《す》くしなければならない事《こと》が兎角起《とかくおこ》りがちだった。ある家《いえ》は眼《め》立《だ》って零落《れいらく》して行《い》った。嵐《あらし》に吹《ふ》きちぎられた屋根板《やねいた》が、いつまでもそのままで雨《あめ》の漏《も》れるに任《まか》せた所《ところ》も尠《すくな》くない。眼鼻《めはな》立ちの揃《そろ》った年頃《としごろ》の娘《むすめ》が嫁入《よめい》ったという噂《うわさ》もなく姿《すがた》を消《け》してしまう家《いえ》もあった。急《きゅう》に造作《ぞうさく》をしかえたと思《おも》うと代《だい》の変《かわ》ってしまった家《いえ》もあった。そろそろと地《ち》の中《なか》に引《ひ》きこまれて行《ゆ》くような薄気味悪《うすきみわる》い零落《れいらく》の兆候《きざし》が町全体《まちぜんたい》に見《み》えているのだ。

何時《いつ》どんな事《こと》がまくし上《あが》るかも知《し》れない――そういう不安心《ふあんしん》は絶《た》えず君達《きみたち》の心《こころ》を脅《おびや》かした。家《いえ》から火《ひ》を出《だ》すとか、持《も》ち船《ぶね》が沈《しず》んでしまうとか働《はたら》き盛《ざか》りの兄上《あにうえ》が死病《しびょう》に取《と》りつかれるとか、鰊《にしん》の群来《くき》が全然《すっかり》はずれるとか、ワク船《ぶね》が流《なが》されるとか、色々《いろいろ》に想像《そうぞう》されるこれらの不運《ふうん》の一つだけに出喰《でく》わしても、君《きみ》の家《うち》に取《と》っては足腰《あしこし》の立《た》たない打撃《だげき》となるのだ。疲《つか》れた五体《ごたい》を自分《じぶん》の家《いえ》の方《ほう》に運《はこ》びながら、而《そ》して馬鹿《ばか》に大《おお》きな割合《わりあい》に灯《ともしび》の暗《くら》い建物《たてもの》を眼《め》の前《まえ》に見《み》やりながら、君《きみ》の心《こころ》は運命《うんめい》に対《たい》する疑《うたが》いの為《た》めに妙《みょう》に暗《くら》くなる。

二十七

それでも閾《しきい》を跨《また》ぐと家《うち》の中《なか》の竈《かまど》には火《ひ》が暖《あたたか》い光《ひかり》を放《はな》って水飴《みずあめ》のように軟《やわら》かくしないながら燃《も》えている。どこからどこまで真黒《まっくろ》に煤《すす》けながらだだっ広《びろ》い囲炉裏《いろり》の間《ま》はきちんと片《かた》附《づ》けてあって、居心地《いごこち》よさそうにしつらえてある。嫂《あによめ》と妹《いもうと》との心《こころ》づくしを君《きみ》はすぐ感《かん》じてうれしく思《おも》いながら、持《も》って帰《かえ》った漁具《ぎょぐ》――寒気《かんき》の為《た》めに氷《こお》り果《は》てて石《いし》のようになった――をそれぞれの所《ところ》に始末《しまつ》すると是《こ》れもからからと音《おと》を立《た》てる程氷《ほどこお》り果《は》てた仕事着《しごとぎ》を一枚一枚《まいまい》脱《ぬ》いで、竈《かまど》のあたりに懸《か》けつらねて、普段着《ふだんぎ》に着《き》かえる。一日《にち》の寒気《かんき》に凍《こご》え切《き》っていた肉体《にくたい》はすぐ熱《ねつ》を吹《ふ》き出《だ》して、顔《かお》などはのぼせ上《あが》る程《ほど》ぽかぽかして来《く》る。普段着《ふだんぎ》の軽《かる》さ、一椀《わん》の熱湯《ねっとう》の味《あじ》のよさ。

小気味《こきみ》いい程《ほど》したたか夕餉《ゆうげ》を食《く》った漁夫達《ぎょふたち》が、

「親方《おやかた》さんお休《やす》み」

と挨拶《あいさつ》してぞろぞろと出《で》て行《い》った後《あと》には、水入《みずい》らずの家族《かぞく》五人《にん》が、真赤《まっか》に囲炉裏《いろり》の火《ひ》に顔《かお》を照《て》らし合《あ》いながら向《むか》い合《あ》う。戸外《そと》ではさらさらと音《おと》を立《た》てながら霰《あられ》まじりの雪《ゆき》が降《ふ》りつづけている。七時《じ》というのにもうその界隈《かいわい》は夜更《よふ》け同様《どうよう》だ。どこの家《いえ》もしんとして、赤児《あかご》の泣《な》く声《こえ》が時折《ときおり》聞《き》こえるばかりだ。唯遠《ただとお》くの遊廓《ゆうかく》の方《ほう》から、朝寝《あさね》の出来《でき》る人達《ひとたち》が寄《よ》り集《あつ》まっているらしい宴会《えんかい》のさざめきが、途切《とぎ》れ途切《とぎ》れに風《かぜ》に送《おく》られて来《く》る。

「俺《お》らはあねまるぞ」

　僅《わずか》な晩酌《ばんしやく》に、昼間《ひるま》の疲労《ひろう》を存分《ずんぶん》に発《はっ》して、眼《め》をとろんこにした君《きみ》の父《ちち》上《うえ》が、まず囲炉裏《いろり》の側《そば》に床《とこ》をとらして横《よこ》になる。やがて兄上《あにうえ》と嫂《あによめ》とが次《つぎ》の部屋《へや》に退《の》くと、囲炉裏《いろり》の側《そば》には君《きみ》と君《きみ》の妹《いもうと》だけが残《のこ》るのだ。

　時《とき》が静《しず》かに淋《さび》しく然《しか》し睦《むつ》まじくじりじりと過《す》ぎて行《ゆ》く。

「寝《ね》ずに」

　針《はり》の手《て》をやめて、君《きみ》の妹《いもうと》はおとなしく顔《かお》を上《あ》げながら君《きみ》にいう。

「先《さ》きに寝《ね》れ、いいから」

　胡坐《あぐら》の膝《ひざ》の上《うえ》にスケッチ帖《ちょう》を広《ひろ》げてと見《み》こう見《み》している君《きみ》は、振《ふ》り向《む》きもせずに、ぶっきらぼうにそう答《こた》える。

「朝《あさ》げに又《また》ねむいとってこづき起《おこ》されべえに」

　にっと片頬《かたほほ》に笑《えみ》を湛《たた》えて妹《いもうと》は君《きみ》に悪戯《いたずら》らしい眼《め》をむける。

「何《な》んの」

「何《な》んのでねえよ。そんなもの見《み》こくって何《な》んの足《た》しになるべえさ。皆《み》んなよって笑《わら》っとるがな、弁《ヤマサ》の兄《あん》さんは暇《ひま》さえあれば見《み》ったくもねえ画《え》べえ描《か》いて、何《な》んするんだべって」

　君《きみ》は思《おも》わず顔《かお》を上《あ》げる。

「誰《だ》れが云《い》った」

「誰《だ》れって……皆《みん》ないってるだよ」

「お前《まえ》もか」

「私《わし》は云《い》わねえ」

「そうだべさ。それならそれでいいでねえか。訳《わけ》の解《わ》かんねえ奴《やつ》には何《な》んとでも云《い》わせて置《お》けばいいだ。これを見《み》たか」

「見《み》たよ。……荘園《そうえん》の裏《うら》から見《み》た所《ところ》だなあそれは。山《やま》は私《わし》気《き》に入《い》ったども、雲《くも》が黒過《くろす》ぎるでねえか」

「差出口《さしでぐち》はおけやい」

而《そ》して君達二人《きみたちふたり》は顔《かお》を見《み》やって溶《と》けるように笑《え》みかわす。寒《さむ》さはしんしんと背骨《はいこつ》まで徹《とお》って、戸外《こがい》には風《かぜ》の落《お》ちた空《そら》を黙《だま》って雪《ゆき》が降《ふ》りつんでいるらしい。

今度《こんど》は君《きみ》が発意《ほつい》する。

「おい寝《ね》べえ」

「兄《にい》さん先《さ》きに寝《ね》なよ」

「お前寝《まえね》べし……明日又一番《あすまたいちばん》に起《お》きるだから……戸《と》じまりは俺《おら》がするに」

二十八

君達《きみたち》は暫《しば》らくわざと意趣《いしゅ》に争《あらそ》ってから妹《いもうと》はとうとう先《さき》に寝《ね》る事《こと》にする。君《きみ》はなお半時間《はんじかん》ほどスケッチに見入《みい》っていたが、寒《さむ》さに堪《た》え切れなくなって軈《やが》て身《み》を起《お》こすと、藁草履《わらぞうり》を引《ひっ》かけて土間《どま》に降《お》り立《た》ち、竈《かまど》の火《ひ》許《もと》を十分《じゅうぶん》に見届《みとど》け、漁具《ぎょぐ》の整頓《せいとん》に一とわたり注意《ちゅうい》し、入口《いりぐち》の戸《と》に錠前《かけがね》を下《お》ろし、雪《ゆき》の吹《ふ》き込《こ》まぬように窓《まど》をしっかりと閉《と》ざし、而《そ》して又囲炉裏《またいろり》座《ざ》に帰《かえ》って見《み》ると、ちょろちょろと燃《も》えかすれた根粗朶《ねそだ》の火《ひ》に朧《おぼろ》に照《てら》されて、君《きみ》の父上《ちちうえ》と妹《いもうと》とが炉側《ろぶち》の二方《ほう》に寝《ね》くるまっているのが、物淋《ものさび》しく君《きみ》の眼《め》に映《うつ》る。一日一日生命《にちにちせいめい》から遠《とお》ざかって行《ゆ》く老人《ろうじん》と、若々《わかわか》しい命《いのち》の力《ちから》に悩《なや》まされているとさえ見《み》える妹《いもうと》との寝顔《ねがお》は、明滅《めいめつ》する焔《ほのお》の光《ひかり》に幻《まぼろし》のような不思議《ふしぎ》な姿《すがた》を描《えが》き出《だ》している。この老人《ろうじん》の老先《おいさ》きをどんな運命《うんめい》が待《ま》っているのだろう。この処《しょ》女《じょ》の行末《ゆくすえ》をどんな運命《うんめい》が待《ま》っているのだろう。未来《みらい》は凡《すべ》て暗《くら》い。そこではどんな事《こと》でも起《お》こり得《う》る。君《きみ》は二人《ふたり》の寝顔《ねがお》を見《み》つめながらつくづくと然《そ》う思《おも》った。そう思《おも》うと、素直《すなお》な心《こころ》でその人達《ひとたち》の行《ゆ》く先《さ》きに幸《さち》あれかしと祈《いの》る外《ほか》はなかった。人《ひと》の力《ちから》というも

のがこんな厳粛《げんしゅく》な瞬間《しゅんかん》には一番頼《いちばんたよ》りなく思《おも》われる。君《きみ》はスケッチ帖《ちょう》を枕許《まくらもと》に引《ひ》きよせて、垢染《あかじ》みた床《とこ》の中《なか》にそのままもぐりこみながら、氷《こおり》のような蒲団《ふとん》の冷《つめ》たさが体《からだ》の温《ぬく》みで暖《あたた》まるまで、まじまじと眼《め》を見開《みひら》いて、君《きみ》の妹《いもうと》の寝顔《ねがお》を憐《あわ》れみとも愛《あい》ともつかぬ涙《なみだ》ぐましい心持《こころもち》で眺《なが》め続《つづ》ける。

それもやがて疲労《ひろう》の夢《ゆめ》が押包《おしつつ》む。岩内《いわない》の町《まち》に目覚《めざ》めているものは、恐《おそ》らくは朝寝坊《あさねぼう》の出来《でき》る富《と》んだ惰《なま》け者《もの》と、灯台守《とうだいも》りと犬《いぬ》ばかりだろう。夜《よ》は更《ふ》けて行《ゆ》く。

君《きみ》。君《きみ》はこんな私《わたし》の自分勝手《じぶんかって》な想像《そうぞう》を、私《わたし》は文学者《ぶんがくしゃ》であるという事《こと》から許《ゆる》してくれるだろうか。私《わたし》の想像《そうぞう》は後《あと》から後《あと》からと引続《ひきつづ》いて起《おこ》って来《く》る。それが中《あた》っていようが、中《あた》っていまいが、君《きみ》は私《わたし》が茲《ここ》にこうして筆《ふで》を執《と》るその目論見《もくろみ》に悪意《あくい》のないのを知《し》っていてくれるだろう。而《そ》して無邪気《むじゃき》な微笑《ほほえみ》を以《もっ》て私《わたし》の唯一《ゆいいつ》の生命《せいめい》である空想《くうそう》の勝手次第《かってしだい》に育《そだ》って行《ゆ》くのを見守《みまも》ってくれるだろう。私《わたし》はそれに依頼《いらい》して更《さら》に書《か》き続《つづ》けて行《ゆ》く。

鰊《にしん》の漁期《ぎょき》――それは北方《ほっぽう》に住《す》む人々《ひとびと》の胸《むね》にのみしみじみと感《かん》ぜられるなつかしい季節《きせつ》の一《ひと》つだ。この季節《きせつ》になると長《なが》く地《ち》の上《うえ》を領《りょう》した冬《ふゆ》が老《お》いる――北風《きたかぜ》も、雪《ゆき》も、囲炉裏《いろり》も、綿入《わたい》れも、雪鞋《つまご》も、等《ひと》しく老《お》いる。一片《ひとひら》の雲《くも》のたゝずまいにも、自然《しぜん》の目論見《もくろみ》と預言《よげん》とを、人一倍《ひといちばい》に委《くわ》しく見《み》て取《と》る漁夫達《ぎょふたち》の眼《め》には、朝夕《あさゆう》の空《そら》の模様《もよう》が春《はる》めいて来《き》た事《こと》をまざまざと思《おも》わせる。北西《ほくせい》の風《かぜ》が東《ひがし》に廻《まわ》るにつれて、単色《たんしょく》に固《かた》く凍《こお》りついていた雲《くも》が、蒸《む》されるようにもやもやと崩《くず》れて、淡《うす》いながら暖《あたたか》い色《いろ》の晴雲《はれぐも》に変《か》わって行《ゆ》く。一日《にち》晴《は》れつづいた午後《ごご》などに波打際《なみうちぎわ》に出《で》て見《み》ると、稍緑《ややみどり》色《いろ》を帯《お》びた青空《あおぞら》の遥《はる》か遠《とお》くの地平線《ちへいせん》高《たか》く、真一文字《まいちもんじ》に幔幕《まんまく》を張《は》ったような雪雲《ゆきぐも》の堆積《たいせき》に夕日《ゆうひ》が射《さ》して、万遍《まんべん》なく薔薇色《ばらいろ》に輝《かがや》いている。何《なん》という微妙《びみょう》な美《うつく》しい色《いろ》だ。冬《ふゆ》はあすこまで遠《とお》のいて行《い》ったのだ、そう思《おも》うと、不幸《ふこう》をつきぬけて幸福《こうふく》に出遇《であ》った人《ひと》のみが感《かん》ずる、あの過去《かこ》に対《たい》する寛大《かんだい》な思《おも》い出《で》が、ゆるやかに見《み》る人《ひと》の胸《むね》に流《なが》れこむ。五箇月《かげつ》の長《なが》い厳冬《げんとう》を牛《うし》のように忍耐強《にんたいづよ》く辛棒《しんぼう》しぬいた北人《ほくじん》の心《こころ》に、もう少《すこ》しでひねくれた根性《こんじょう》にさえなりかかった北人《ほくじん》の心《こころ》に、春《はる》の約束《やくそく》がほのかに響《ひび》き始《はじ》める。

二十九

朝晩《あさばん》の凍《し》み方《かた》は冬《ふゆ》と変《かわ》りはない。濡《ぬ》れた金物《かなもの》がべたべたと糊《のり》のように指先《ゆびさき》に粘《ねば》りつく事《こと》は珍《めず》らしくない。けれども日《ひ》が高《たか》くなると、さすがに何所《どこ》か寒《さむ》さにひびがいる。浜辺《はまべ》は急《きゅう》に景気《けいき》づいて、納屋《なや》の中《なか》からは大釜《おおがま》や締《し》め框《わく》が担《かつ》ぎ出《だ》され、ホック船《ぶね》やワク船《ぶね》をつとのように蔽《おお》うていた簾《むしろ》が取《と》りのけられ、旅烏《たびがらす》と一緒《いっしょ》に集《あつ》まって来《き》た大勢《おおぜい》の漁夫達《ぎょふたち》が、綾《あや》を織《お》るように雪《ゆき》の解《と》けた砂浜《すなはま》を行《ゆ》き違《ちが》って、目《め》まぐるしい活気《かっき》を見《み》せ始《はじ》める。

鱈《たら》の漁獲《りょうかく》は一先《ひとま》ず終《おわ》って鰊《にしん》の先駆《はしり》もまだ群来《くけ》て来《こ》ない。海《うみ》に出《で》て働《はたら》く人達《ひとたち》は、少《すこ》しの間息《あいだいき》をつく暇《ひま》を得《う》るのだ。冬《ふゆ》の間《あいだ》から一心《いっしん》に覗《ねら》っていたこの暇《ひま》に、君《きみ》はある日朝《ひあさ》からふいと家《いえ》を出《で》る。勿論《もちろん》懐《ふところ》の中《なか》には手馴《てな》れたスケッチ帖《ちょう》と一本《ぽん》の鉛筆《えんぴつ》とを潜《ひそ》ませて。

家《いえ》を出《で》ると、往来《おうらい》には漁夫《ぎょふ》や海産《かいさん》物《ぶつ》の仲買《なかがい》といったような男《おとこ》が賑《にぎ》やかに往《ゆ》き来《き》している。根雪《ねゆき》が氷《こおり》のように磐《はん》になって、その上《うえ》を雪解《ゆきげ》の水《みず》が一冬《ひとふゆ》の塵埃《じんあい》に染《そ》まって泥炭地《でいたんち》の水《みず》のような色《いろ》でどぶどぶと漂《ただよ》っている。

手橇《てぞり》に生々《なまなま》しい材木《ざいもく》のような大《おお》きな薪《たきぎ》をしこたま積《つ》み乗《の》せて、その悪路《あくろ》を引《ひっ》ぱって来《き》た一人《ひとり》の年配《ねんぱい》なお内儀《かみ》さんは、君《きみ》を認《みと》めると、引《ひ》き綱《づな》をゆるめて腰《こし》を延《の》ばしながら、戯《ざれ》た調子《ちょうし》で大《おお》きな声《こえ》をかける。

「はれ兄《あん》さんもう浜《はま》さ行《い》くだね。」

「うんにゃ」

「浜《はま》でねえ？　たら又山《またやま》かい。魚《さかな》を商売《しょうばい》にする人《ふと》が暇《ひま》さえあれば山《やま》さつっぱしるだから怪体《けったい》だあてばさ。いい人《ふと》でもいるだべさ。は、は、は……うんすら妬《や》いてこすに、一押《ひとお》し手《て》を貸《か》すもんだよ」

「口《くち》はばったい事《こと》べいうと鰊様《にしんさま》が来《き》てはくんねえぞ。おかしな婆様《ばあさま》よなあお前《まえ》も」

「婆様《ばあさま》だ⁉︎　人聞《ふとぎ》きの悪《わる》い事《こと》べ云《い》わねえもんだ。人様《ふとさま》が笑《わら》うでねえか」

実際《じっさい》このお内儀《かみ》さんの燥《はしゃ》いだ大声《おおごえ》には往来《おうらい》の人達《ひとたち》が面白《おもしろ》がって笑《わら》っている。君《きみ》は当惑《とうわく》して橇《そり》の後《うしろ》に廻《まわ》って三、四間《にん》ぐんぐん押《お》してやらなければならなかった。

「そだ、そだ、兄《あん》さんいい力《ちから》だ。浜《はま》まで押《お》したら己《お》らお前《まえ》に惚《ほ》れてこすに」

君《きみ》は呆《あき》れて手《て》を離《はな》して逃《に》げるよう

に行手《ゆくて》を急《いそ》ぐ。人々《ひとびと》の高笑《たかわら》いの声《こえ》と共《とも》に、そのお内儀《かみ》さんがまた誰《だ》れかに話《はな》しかける大声《おおごえ》がのびやかに聞《き》こえて来《く》る。

「春《はる》が来《く》るのだ」

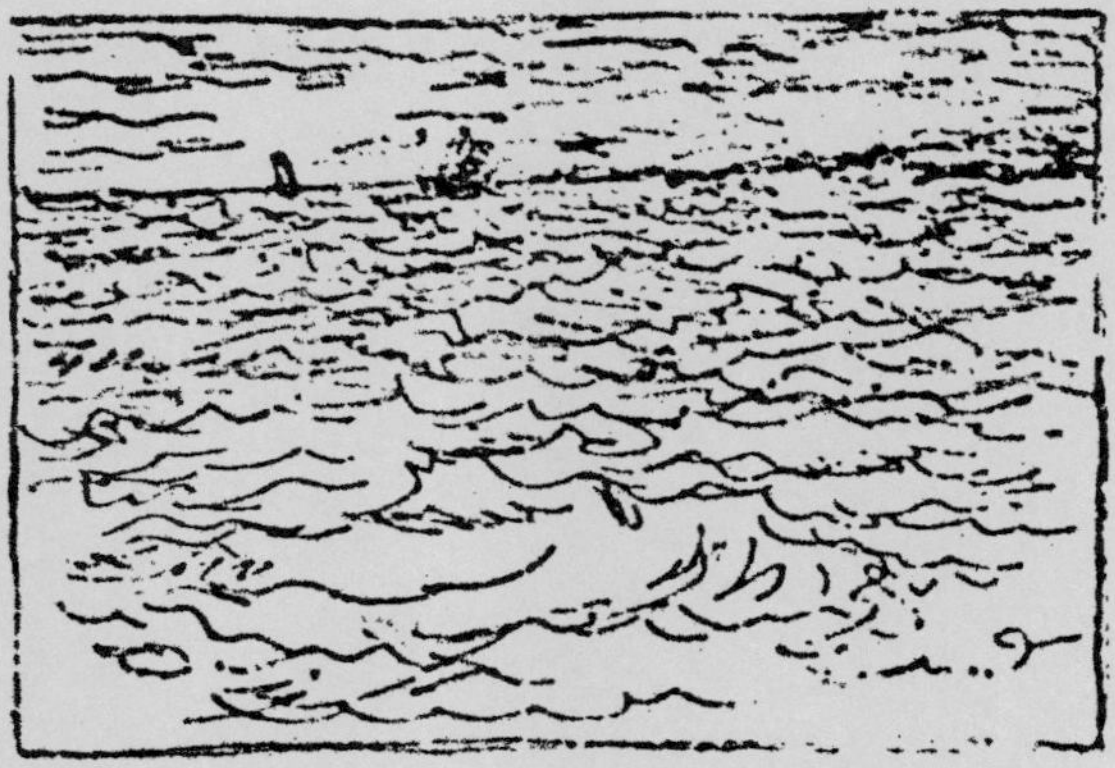

君《きみ》は好意《こうい》に満《み》ちた心持《こころも》ちで、この人達《ひとたち》を思《おも》いやる。

三十

やがて漁師町《りょうしまち》を突《つ》きぬけて、この市街《しがい》では目抜《めぬ》きな町筋《まちすじ》に出《で》ると、冬《ふゆ》中《じゅう》空家《あきや》になっていた西洋風《せいようふう》な一軒《けん》の二階建《かいだて》は雨戸《あまど》が繰《く》りあけられて、札幌《さっぽろ》の大《おお》きなデパートメント・ストアの臨時出店《りんじでみせ》が開《ひら》かれようとしている。藁屑《わらくず》のあふれ出《で》た大《おお》きな木箱《きばこ》が幾個《いくつ》か店先《みせさき》に放《ほう》り出《だ》されて、広告《こうこく》の色旗《いろはた》が建《た》てならべてある。而《そ》して気《き》の利《き》いた手代《てだい》が幾人《いくにん》も忙《せわ》しそうに働《はたら》いている。君《きみ》はその角《かど》を曲《まが》ってある小《ちい》さな薬種店《やくしゅてん》の調剤所《ちょうざいしょ》のガラス窓《まど》から中《なか》を覗《のぞ》いて見《み》る。そこにはずらっと列《なら》べた薬瓶《くすりびん》の下《した》の調剤卓《ちょうざいたく》の前《まえ》に背無《せな》しの抉抜《くりぬ》きの腰《こし》かけに腰《こし》をすえて、黒《くろ》い仕事着《しごとぎ》を羽織《はお》った一人《ひとり》の悒鬱《ゆううつ》そうな若《わか》い男《おとこ》が、一心《いっしん》に小形《こがた》の書物《しょもつ》に読《よ》み耽《ふけ》っている。それは君《きみ》が岩内《いわない》の町《まち》に有《ゆう》するK《ケー》という唯一人《ただひとり》の心《こころ》の友達《ともだち》だ。君《きみ》はくすんだガラス板《いた》に指先《ゆびさ》きを持《も》って行《い》ってほとほとと敲《たた》く。K《ケー》は機敏《きびん》に眼《め》をあげる。而《そ》して驚《おどろ》いたように座《ざ》を立《た》って来《き》て障子《しょうじ》を開《あ》ける。

「何処《どこ》に?」

君《きみ》は黙《だま》ったままで懐中《かいちゅう》からスケッチ帖《ちょう》を取出《とりだ》して見《み》せる。而《そ》して二人《ふたり》は互《たがい》を理解《りかい》するように微笑《ほほえ》みかわす。

「今日《きょう》は出《で》られまい」

君《きみ》は東京《とうきょう》の遊学時代《ゆうがくじだい》を記念《きねん》する為《た》めに大事《だいじ》に蔵《と》っておいた書生《しょせい》の言《こと》葉《ば》を使《つか》えるのがこの友《とも》に遇《あ》う時《とき》の一

つの楽《たのし》みなのだ。

「駄目《だめ》だ。然《しか》し今日《きょう》はまだ寒《さむ》いだろう。手《て》が自由《じゆう》に動《うご》くまい」

「何《なに》、画《え》は描《か》けずとも山《やま》を見《み》ていればそれでいいだ。久《ひさ》しく出《で》て見《み》ないから」

「僕《ぼく》は今《いま》これを読《よ》んでいたが（と云《い》ってK《ケー》はミケランジェロの書簡《しょかん》集《しゅう》を君《きみ》の眼《め》の前《まえ》にさし出《だ》して見《み》せた）素晴《すば》らしいもんだ。こうしていてはいけないような気《き》がするよ。だけれど迚《とて》も及《およ》びもつかない。いい加《か》減《げん》な芸術家《げいじゅつか》とか云《い》うものになって納《おさ》まっているより、この薄暗《うすぐら》い薬《やっ》局《きょく》で黙《だま》りこくって一生《いっしょう》を送《おく》る方《ほう》が矢張《やは》り僕《ぼく》には似合《にあ》わしいようだよ」

そういって君《きみ》の友《とも》は悒鬱《ゆううつ》な小柄《こがら》な顔《かお》を更《さら》に悒鬱《ゆううつ》にした。君《きみ》は励《はげ》ます言《こと》葉《ば》も慰《なぐさ》める言葉《ことば》も知《し》らなかった。而《そ》して心《こころ》尤《とが》めするもののようにスケッチ帖《ちょう》を懐《ふところ》に納《おさ》めてしまった。

「じゃ行《い》って来《く》る」

「そうかい。そんなら帰《かえ》りに寄《よ》って行《ゆ》き給《たま》え」

この言葉《ことば》を取《と》り交《かわ》して、君《きみ》はその薄汚《うすよご》れたガラス窓《まど》から離《はな》れる。

南《みなみ》へ南《みなみ》へと路《みち》を取《と》って行《ゆ》くと、節《せつ》婦橋《ぶばし》という小《ちい》さな木橋《きばし》があって、そこから先《さき》には家並《やなみ》は続《つづ》いていない。泥雪《どろゆき》を捏《こ》ね返《かえ》したような雪道《ゆきみち》は段々《だんだん》綺麗《きれい》になって行《い》って、底《そこ》の方《ほう》が溶《と》けた積雪《せきせつ》の中《なか》に、君《きみ》の古《ふる》い砲兵靴《ほうへいぐつ》はややもするとずぼりずぼりと踏《ふ》み込《こ》んだ。

雪《ゆき》に蔽《おお》われた野《の》は雷電峠《らいでんとうげ》の麓《ふもと》の方《ほう》へ爪先上《つまさきあが》りに広《ひろ》がって、折《お》りから晴《は》れ気味《ぎみ》になった雲間《くもま》を漏《も》れる日《ひ》の光《ひかり》が地面《じめん》の蔭日向《かげひなた》を銀《ぎん》と藍《あい》とでくっきりと彩《いろど》っている。寒《さむ》い空気《くうき》の中《なか》に雪《ゆき》の照《て》り返《かえ》しがかっかっと顔《かお》を火《ほ》照《て》らせる程《ほど》強《つよ》く射《さ》して来《く》る。君《きみ》の顔《かお》は見《み》る見《み》る雪焼《ゆきやけ》がして真赤《まっか》に汗《あせ》ばんで来《く》る。今《いま》まで頑丈《がんじょう》に被《かぶ》っていた頭巾《ずきん》をはね除《の》けると眼界《がんかい》は急《きゅう》に拡《ひろ》がって見《み》える。

三十一

何《な》んという広大《こうだい》な厳《おごそ》かな景色《けしき》だ。胆振《いぶり》の分水嶺《ぶんすいれい》から分《わか》れて西南《せいなん》を指《さ》す

一連《いちれん》の山脈《さんみゃく》が、地平《ちへい》から力強《ちからづよ》く伸《の》び上《あが》って段々高《だんだんたか》くなりながら岩内《いわない》の南方《なんぼう》に走《はし》って来《く》ると、そこに計《はか》らず陸《りく》の果《は》てがあったので、突然水際《とつぜんみずぎわ》に走《はし》り寄《よ》った奔馬《ほんば》が、揃《そろ》えた前脚《まえあし》を踏《ふ》みたてて、思《おも》わず平頸《ひらくび》を高《たか》く聳《そびや》かすように、山《やま》は急《きゅう》に叢《むらが》り立《た》って沸騰《ふっとう》せんばかりに天《てん》を摩《ま》している。今《いま》にもすさまじい響《ひび》きを立《た》てて崩《くず》れ落《お》ちそうに見《み》えながら、何《なん》百万年《まんねん》か何《なん》千万《まん》年《ねん》か、昔《むかし》のままの姿《すがた》でそそり立《た》っている。而《そ》してそれが今《いま》は唯一色《ただひといろ》の白《しろ》さに雪《ゆき》で被《おお》われている。而《そ》して雲《くも》が空《そら》を動《うご》く度毎《たびごと》に、山《やま》は居住《いずま》いをなおしたかのように姿《すがた》を変《か》える。君《きみ》は久《ひさ》し振《ぶ》りで近々《ちかぢか》とその山《やま》を眺《なが》めるとも う有頂天《うちょうてん》になった。而《そ》して奇麗《きれい》に余《よ》の事《こと》を忘《わす》れて仕舞《しま》う。

君《きみ》はがむしゃらに本道《ほんどう》から道《みち》のない積雪《せきせつ》の中《なか》に足《あし》を踏《ふ》み入《い》れる。行途《ゆくて》に黒《くろ》ずんで見《み》える楡《にれ》の大《おお》きな切株《きりかぶ》のところまで辿《たど》り着《つ》くと、君《きみ》はそれに兵隊靴《へいたいぐつ》を打《う》ちつけて雪《ゆき》を払《はら》い落《お》しながら佇《たたず》む。そして眼《め》を据《す》えてもう一《いち》度雪野《どゆきの》の果《は》てに聳《そび》え立《た》つ雷電峠《らいでんとうげ》を物新《ものあたら》しく眺《なが》めて、暫《しばら》くは魅入《みい》られたように茫然《ぼうぜん》としている。幾度《いくど》見《み》ても倦《あ》きることのない山《やま》の佇《たたずま》いが、この前見《まえみ》たときと今日《きょう》とは山《やま》の形《かたち》に格《かく》別《べつ》の相違《そうい》はある訳《わけ》ではないけれどその表情《ひょうじょう》は全《まった》く違《ちが》っている。この前《まえ》には之《こ》れが厳冬《げんとう》の一日《にち》のことだった。矢張《やは》り今日《きょう》の処《ところ》と同《おな》じ処《ところ》に立《た》って、凍《こご》える手《て》に鉛筆《えんぴつ》を運《はこ》ぶことも出《で》来《き》ず、黙《だま》ったまま立《た》って見《み》ていたのだが、その時《とき》の山《やま》は地面《じめん》から静々《しずしず》と盛《も》りあがって、雪雲《ゆきぐも》に閉《とざ》された空《そら》を確乎《しっかり》と掴《つか》んでいる様《よう》に見《み》えた。その感《かん》じは怖《おそ》ろしく力強《ちからづよ》いものだった。君《きみ》はその前《まえ》にいて押《お》しひしゃげられる威圧《いあつ》を感《かん》じた。今日《きょう》見《み》る山《やま》は、もっと素直《すなお》な大《おおき》さと豊《ゆたか》さとをもって静《しず》かに君《きみ》を掻《か》き抱《いだ》くように見《み》えた。平素自分《ふだんじぶん》の本当《ほんとう》の心持《こころもち》は誰《だれ》にも理《り》解《かい》されないで、一種《いっしゅ》の変屈人《へんくつにん》のように人々《ひとびと》から取扱《とりあつか》われていた君《きみ》には、此自然《このしぜん》が君《きみ》に対《たい》して求《もと》めて来《く》る親《した》しみは染々《しみじみ》としたもんだった。君《きみ》はまた更《さら》に眼《め》を見張《みは》って染々《しみじみ》と山《やま》の姿《すがた》を眺《なが》めやった。

丁度親《ちょうどした》しい心《こころ》と心《こころ》とが出遭《であ》ったときに、互《たがい》に感《かん》ぜられるような温《あたた》かい涙《なみだ》ぐましさが君《きみ》の雄々《おお》しい胸《むね》の中《なか》に湧《わ》いて来《き》た。君《きみ》はそれを描《か》こうとした。

そして懐中《ふところ》からいつものスケッチ帳《ちょう》を取《と》り出《だ》して切株《きりかぶ》の上《うえ》に置《お》いた。

山《やま》と帳面《ちょうめん》とをかたみがわりに見遣《みや》りながら、丹念《たんねん》に鉛筆《えんぴつ》を削《けず》り上《あ》げた。粗末《そまつ》な画学紙《ががくし》の上《うえ》には逞《たくま》しい君《きみ》の手《て》に似合《にあ》わない繊細《こまか》な線《せん》が描《か》かれ始《はじ》めた。

丁度《ちょうど》人《ひと》の肖像《しょうぞう》を描《か》こうという画《が》家《か》が、その人《ひと》の耳目鼻口《みみめはなくち》を夫々《それぞれ》綿密《めんみつ》に観察《かんさつ》するように、君《きみ》は山《やま》の一つの皺《しわ》にも君《きみ》だけが理解《りかい》すると思《おも》える意《い》味《み》を見出《みいだ》そうと努《つと》めた。実際《じっさい》君《きみ》の眼《め》には山《やま》の総《すべ》ての面《めん》はその儘《まま》、総《すべ》ての表情《ひょうじょう》だった。日光《にっこう》と雲《くも》との明暗《めいあん》に彩《いろど》られた雪《ゆき》の重《かさな》りには、別種《べっしゅ》見極《みきわ》めようと努《つと》める人々《ひとびと》の説《と》きあかされる尊《たっと》い謎《なぞ》が潜《ひそ》んでいた。君《きみ》は一つの謎《なぞ》を説《と》き得《え》たとき小躍《こおど》りした。君《きみ》の周《しゅう》囲《い》には生活《せいかつ》の苦情《くじょう》もなかった。世間《せけん》のかげぐちもなかった。自分《じぶん》に対《たい》する遅《おく》れ勝《がち》な疑《うたがい》もなかった。解《と》けかかった雪《ゆき》のうえを渡《わた》って来《く》る湿《しめ》った風《かぜ》の寒《さむ》さも無《な》かった。君《きみ》の唇《くちびる》からは知《しら》ず知《しら》ず軽《かる》い口笛《くちぶえ》が漏《も》れて、君《きみ》の手《て》は躍《おど》るように調子《ちょうし》をとって紙《かみ》の上《うえ》を走《はし》ったり山《やま》の大《おお》きさを測《はか》ったりした。

三十二

そして幾時間《いくじかん》が過《す》ぎたろう。君《きみ》の前《まえ》には「時《とき》」というものさえなかった。やがて軽《かる》い満足《まんぞく》の溜息《ためいき》と共《とも》に、その手《て》も留《と》めて片手《かたて》にスケッチ帳《ちょう》をとりあげて眼《め》の前《まえ》に据《す》えたとき、君《きみ》は軽《かる》い疲労《ひろう》—軽《かる》いといっても、君《きみ》が船《ふね》のなかで働《はたら》くときの半日分《はんにちぶん》の労動《ろうどう》の結果《けっか》よりは軽《かる》くない—を感《かん》じながら、今日《きょう》の仕事《しごと》は善《よ》き収穫《しゅうかく》であるようと祈《いの》っている。画学紙《ががくし》の上《うえ》には吹《ふ》き変《か》わる風《かぜ》のために乱《みだ》れがちな雲《くも》の間《あいだ》にその頂《いただき》を見《み》せたり隠《かく》したりして、真白《まっしろ》く聳《そそ》り立《た》つ峠《とうげ》の姿《すがた》と、手前《てまえ》の広《ひろ》い雪《ゆき》の野《の》の此処彼処《ここかしこ》に叢立《むらだ》つ針《しん》葉樹《ようじゅ》の木立《こだち》や、薄《うす》く炊煙《すいえん》を地《ち》に靡《なび》かして、所々《ところどころ》に立《た》つ惨《みじ》めな農家《のうか》、之《こ》れ等《ら》の間《あいだ》を鋭《するど》い刃物《はもの》で断《た》ち割《わ》ったような深《ふか》い狭間《はざま》、それ等《ら》が特種《とくしゅ》な深《ふか》い感《かん》じを以《もっ》て特種《とくしゅ》な筆色《ひっしょく》で描《えが》かれている。君《きみ》は稍暫《ややしば》しそれを見遣《みや》って微笑《ほほえ》ましく思《おも》う。久《ひさ》し振《ぶり》で自分《じぶん》の隠《かく》れた力《ちから》が、哀《あわ》れな道具立《どうぐだて》によってではあるが、兎《と》に角《かく》形《かたち》をとって生《うま》れ出《で》たと思《おも》うと嬉《うれ》しいのだ。

而《しか》しながら疑《うたが》いは待《ま》ちかまえていたように、君《きみ》が満足《まんぞく》の心《こころ》を十分味《じゅうぶんあじ》わうひまもなく足許《あしもと》から押《お》し寄《よ》せて君《きみ》を不安《ふあん》にする。君《きみ》は自分《じぶん》に諂《へつ》らう者《もの》に警戒《けいかい》の眼《め》を向《む》ける人《ひと》の様《よう》に、自分《じぶん》の満足《まんぞく》の心持《こころもち》を厳《きび》しく調《しら》べてかかろうとする。そして今書《いまか》きあげた画《え》を容赦《ようしゃ》なく山《やま》の姿《すがた》と較《くら》べる。

自分《じぶん》が満足《まんぞく》だと思《おも》ったところは何処《どこ》にあるのだろう。それは謂《い》わば自然《しぜん》の影絵《かげえ》に過《す》ぎないんではないか。向《むこ》うに見《み》える山《やま》はその儘寛大《ままかんだい》と希望《きぼう》とを象徴《しょうちょう》する一つの生《い》きた塊《マッス》であるのに、君《きみ》の眼《め》の前《まえ》にある小《ちい》さな画学紙《ががくし》に縮《ちぢ》め込《こ》まれた同《おな》じものの姿《すがた》は何《なん》の表情《ひょうじょう》もない線《せん》と面《めん》との集《あつ》まりとより君《きみ》には見《み》えない。

君《きみ》は厄鬼《やくき》となって次《つぎ》の頁《ページ》をまくる。そして自分《じぶん》の心持《こころもち》を一際謙遜《ひときわけんそん》な、そして執着《しゅうちゃく》の強《つよ》いものにし、粘《ねば》り強《づよ》い根気《こんき》で如何《どう》かして山《やま》をその儘《まま》君《きみ》の画帳《がちょう》のなかに生《い》かし込《こ》もうとする。君《きみ》は新《あら》たな努力《どりょく》に懸《か》かれば、君《きみ》は又総《またすべ》てを忘《わす》れ果《は》てて、一心不乱《いっしんふらん》に仕事《しごと》にいそしむ。そして君《きみ》が三枚《まい》も四枚《まい》ものスケッチを作《つく》ったときには、もう大分日《だいぶんひ》は傾《かたむ》いている。

しかしとても其処《そこ》を立《た》ち去《さ》ることは出来《でき》ない程《ほど》、自然《しぜん》は絶《た》えず新《あたら》しく蘇《よみがえ》ってゆく。朝《あさ》の山《やま》には朝《あさ》の生命《せいめい》が、昼《ひる》の山《やま》には昼《ひる》の生命《せいめい》があった。夕方《ゆうがた》の山《やま》にはまた湿《し》めやかな夕方《ゆうがた》の

生命《せいめい》がある。山《やま》の姿《すがた》はその線《せん》と影《かげ》日向《ひなた》とばかりでなく、色彩《しきさい》にかけても日《ひ》が西《にし》にまわると、素晴《すば》らしい不思《ふし》議《ぎ》な働《はたら》きを顕《あらわ》した。或《あ》る山《やま》の或《あ》る部《ぶ》分《ぶん》は鋼鉄《こうてつ》のように硬《かた》く、また他《た》の部《ぶ》分《ぶん》は気化《きか》した色素《しきそ》のように透明《とうめい》である。夕方《ゆうがた》に近《ちか》づくにつれて稍煙《ややけむり》はじめた空気《くうき》のなかに声《こえ》もたてずに立《た》っている景色《けしき》は汲《く》んでも尽《つ》きない神秘《しんぴ》を隠《かく》している。見《み》ると山《やま》の八合《ごう》目《め》と思《おぼ》しい所《ところ》に、小《ちい》さな黒《くろ》い点《てん》が静《しず》かに輪《わ》を画《えが》いている。それは一羽《わ》の大鷹《おおたか》だ。眼《め》を定《さだ》めてよく見《み》ると、長《なが》く伸《の》ばした両《りょう》の翼《つばさ》を微塵《みじん》も動《うご》かさずに身体《からだ》全体《ぜんたい》を稍斜《ややななめ》にして大《おお》きな水《みず》の渦《うず》に乗《の》った枯葉《かれは》のようにその鷹《たか》は静《しず》かに伸《の》びやかに輪《わ》を画《えが》く。山《やま》が物《もの》言《い》わんばかり生《い》きているように見《み》える君《きみ》の眼《め》には、この小《ちい》さな生《い》き物《もの》は反《かえ》って死物《しぶつ》のように思《おも》える。処々《ところどころ》に散在《さんざい》する百姓《ひやくしよう》なども山《やま》が人《ひと》に与《あた》える生命《せいめい》の感《かん》じに較《くら》べると惨《みじ》めな幾《いく》つかの無機物《むきぶつ》に過《す》ぎない。

※以下は『有島武郎《ありしまたけお》著作集《ちよさくしゆう》第《だい》六輯《しゆう》 生《うま》れ出《いづ》る悩《なや》み』（叢文閣《そうぶんかく》、一九一八年）からの追補《ついほ》

昼《ひる》は真冬《まふゆ》からは著《いちじる》しく延《の》びてはいるけれども、もう夕暮《ゆうぐれ》の色《いろ》はどんどん催《もよお》して来《き》た。それと共《とも》に肌身《はだみ》に寒《さむ》さも加《くわ》わって来《き》た。落日《らくじつ》に彩《いろど》られて光《ひかり》を呼吸《こきゆう》するように見《み》えた雲《くも》も、煙《けむり》のような白《しろ》と淡藍《うすあい》との影日向《かげひなた》を見《み》せて、雲《くも》と共《とも》に大空《おおぞら》の半分《はんぶん》を領《りよう》していた山《やま》も、見《み》る見《み》る寒《さむ》い色《いろ》に堅《かた》くあせて行《い》った。而《そ》して靄《もや》とも云《い》うべき薄《うす》い膜《まく》が君《きみ》と自然《しぜん》との間《あいだ》を隔《へだ》てはじめた。

君《きみ》は思《おも》わず溜息《ためいき》をついた。云《い》い解《と》きがたい暗愁《あんしゆう》――それは若《わか》い人《ひと》が恋人《こいびと》を思《おも》う時《とき》に、その恋《こい》が幸福《こうふく》であるにもかかわらず、胸《むね》の奥《おく》に感《かん》ぜられるような――が不思議《ふしぎ》に君《きみ》を涙《なみだ》ぐましくした。君《きみ》は鼻《はな》をすすりながら、ばたんと音《おと》を立《た》ててスケッチ帖《ちよう》を閉《と》じて、鉛筆《えんぴつ》と一緒《いつしよ》にそれを懐《ふとこ》ろに納《おさ》めた。凍《い》てた手《て》は懐《ふとこ》ろの中《なか》の温味《あたたかみ》をなつかしく感《かん》じた。弁当《べんとう》は食《く》う気《き》がしないで、切株《きりかぶ》の上《うえ》からそのまま取《と》って腰《こし》にぶらさげた。半日《はんにち》立《た》ち尽《つ》くした脚《あし》は動《うご》かそうとすると電《でん》気《き》をかけられたように痺《しび》れていた。ようようの事《こと》で君《きみ》は雪《ゆき》の中《なか》から爪先《つまさき》をぬいて一歩《いつぽ》一歩《いつぽ》本道《ほんどう》の方《ほう》へ帰《かえ》って行《い》った。遥《はる》か向《むこ》うを見《み》ると山《やま》から木材《もくざい》や薪炭《しんたん》を積《つ》み下《お》ろして来《き》た馬橇《ばそり》がちらほらと動《うご》いていて、馬《うま》の首《くび》につけられた鈴《すず》の音《ね》が冴《さ》えた響《ひびき》をたてて幽《ひそ》かに聞《きこ》えて来《く》る。それは漂浪《ひょうろう》の人《ひと》が遥《はる》かに故郷《こきょう》の空《そら》を望《のぞ》んだ時《とき》のようなつかしい感《かん》じを与《あた》える。その消《き》え入《い》るような、淋《さび》しい、冴《さ》えた音《おと》が殊《こと》になつかしい。不思議《ふしぎ》な誘惑《ゆうわく》の世界《せかい》から突然《とつぜん》現世《げんせ》に帰《かえ》った人《ひと》のように、君《きみ》の心《こころ》はまだ夢心地《ゆめごこち》で、芸術《げいじゅつ》の世界《せかい》と現実《げんじつ》の世界《せかい》との淡々《あわあわ》しい境界線《きょうかいせん》を辿《たど》っているのだ。而《そ》して君《きみ》は歩《ある》きつづける。

何時《いつ》の間《ま》にか君《きみ》は町《まち》に帰《かえ》って例《れい》の調剤所《ちょうざいしょ》の小《ちい》さな部屋《へや》で、友達《ともだち》のK《ケー》と向《む》き合《あ》っている。K《ケー》は君《きみ》のスケッチ帖《ちょう》を昂奮《こうふん》した目《め》つきで彼処此処《かしこここ》見返《か》えしている。

「寒《さむ》かったろう」

とK《ケー》が云《い》う。君《きみ》はまだ本統《ほんとう》に自分《じぶん》に帰《かえ》り切《き》らないような顔付《かおつ》きで、

「うむ。……寒《さむ》くはなかった。……その線《せん》の鈍《にぶ》ってるのは寒《さむ》かったからではないんだ」

と答《こた》える。

「鈍《にぶ》っていはしない。君《きみ》がすっかり何《なに》もかも忘《わす》れてしまって、駆《か》けまわるように鉛筆《えんぴつ》をつかった様子《ようす》がよく見《み》えるよ。今日《きょう》のは皆《み》んな非常《ひじょう》に僕《ぼく》の気《き》に入《い》ったよ。君《きみ》も少《すこ》しは満足《まんぞく》したろう」

「実際《じっさい》の山《やま》の形《かたち》に較《くら》べて見給《みたま》え。……僕《ぼく》は親父《おやじ》にも兄貴《あにき》にもすまない」

と君《きみ》は急《いそ》いで言《い》いわけする。

「何《な》んで？」

K《ケー》は怪訝《けげん》そうにスケッチ帖《ちょう》から眼《め》を上《あ》げて君《きみ》の顔《かお》をしげしげと見守《みまも》る。

君《きみ》の心《こころ》の中《なか》には苦《にが》い灰汁《あく》のようなものが湧《わ》き出《で》て来《く》るのだ、漁《りょう》にこそ出《で》ないが、本統《ほんとう》を云《い》うと漁夫《ぎょふ》の家《いえ》には一日《にち》として安閑《あんかん》としていい日《ひ》とてはないのだ。今日《きょう》も、君《きみ》が一日《にち》を画《え》に暮《くら》していた間《あいだ》に、君《きみ》の家《いえ》では家《いえ》中《じゅう》で忙《せ》わしく働《はたら》いていたのに違《ちが》いないのだ。建網《たてあみ》に損《そん》じのある無《な》し、網《あみ》をおろす場所《ばしょ》の海底《かいてい》の模様《もよう》、大釜《おおがま》を据《す》えるべき位置《いち》、桟橋《さんばし》の改造《かいぞう》、薪炭《しんたん》の買入《かいい》れ、米塩《べいえん》の運搬《うんぱん》、仲買人《なかがいにん》との契約《けいやく》、肥料会社《ひりょうがいしゃ》との交渉《こうしょう》……その外《ほか》鰊漁《にしんりょう》の始《はじ》まる前《まえ》に漁場《ぎょば》の持主《もちぬし》がして置《お》かなければならない事《こと》はあり余《あま》る程《ほど》あるのだ。

君《きみ》は自分《じぶん》が画《え》に親《した》しむ事《こと》を道楽《どうらく》だとは思《おも》っていない。いない所《どころ》か、君《きみ》に取《と》ってはそれは生活《せいかつ》よりも更《さ》らに厳粛《げんしゅく》な仕事《しごと》であるのだ。然《しか》し自然《しぜん》と抱《だ》き合《あ》い、自然《しぜん》を画《え》の上《うえ》に活《い》かす

という事《こと》は、君《きみ》の住《す》む所《ところ》では君一人《きみひとり》だけが知《し》っている喜《よろこ》びであり悲《かな》しみであるのだ。外《ほか》の人達《ひとたち》は——君《きみ》の父《ちち》上《うえ》でも、兄妹《きょうだい》でも、隣近所《となりきんじょ》の人《ひと》でも——唯不思議《ただふしぎ》な小供《こども》じみた戯《たわむ》れとよりそれを見《み》ていないのだ。君《きみ》の考《かんが》え通《どお》りをその人達《ひとたち》の頭《あたま》の中《なか》にたんのうが出来《でき》るように打《う》ちこむというのは思《おも》いも及《およ》ばぬ事《こと》だ。

君《きみ》は理屈《りくつ》では何等《なんら》恥《は》ずべき事《こと》がないと思《おも》っている。然《しか》し実際《じっさい》では決《けっ》してそうは行《ゆ》かない。芸術《げいじゅつ》の神聖《しんせい》を信《しん》じ、芸術《げいじゅつ》が実生活《じっせいかつ》の上《うえ》に玉座《ぎょくざ》を占《し》むべきものであるのを疑《うたが》わない君《きみ》も、その事柄《ことがら》が君自身《きみじしん》に関係《かんけい》して来《く》ると、思《おも》わず知《し》らず足許《あしもと》がぐらついて来《く》るのだ。

「俺《お》れが芸術家《げいじゅつか》であり得《う》る自信《じしん》さえ出来《でき》れば、俺《お》れは一刻《いっこく》の躊躇《ちゅうちょ》もなく実生活《じっせいかつ》を踏《ふ》みにじっても親《した》しいものを犠牲《ぎせい》にしても、歩《あゆ》み出《だ》す方向《ほうこう》に歩《あゆ》み出《だ》すのだが……家《うち》の者共《ものども》の実生活《じっせいかつ》の真剣《しんけん》さを見《み》ると、俺《お》れは自分《じぶん》の天《てん》才《さい》をそう易々《やすやす》と信《しん》ずる事《こと》が出来《でき》なくなってしまうんだ。俺《お》れのようなものを描《えが》いていながら彼等《かれら》に芸術家《げいじゅつか》顔《がお》をする事《こと》が恐《おそ》ろしいばかりでなく、僭越《せんえつ》な事《こと》に考《かんが》えられる。俺《お》れはこんな自分《じぶん》が恨《うら》めしい。而《そ》して恐《おそ》ろしい。皆《み》んなはあれ程《ほど》心《こころ》から満足《まんぞく》して今日今日《こんにちこんにち》を暮《くら》しているのに、俺《お》れだけは丸《まる》で陰謀《いんぼう》でも企《たくら》んでいるように始終《しじゅう》暗《くら》い心《こころ》をしていなければならないのだ。如何《どう》すればこの苦《くる》しさこの淋《さび》しさから救《すく》われるのだろう」

平常《へいじょう》のこの考《かんが》えがＫ《ケー》と向《む》かい合《あ》っても頭《あたま》から離《はな》れないので、君《きみ》は思《おも》わず「親父《おやじ》にも兄貴《あにき》にもすまない」と云《い》ってしまったのだ。

「どうして？」と云《い》ったＫ《ケー》も、君《きみ》もそのまま黙《だま》ってしまった。Ｋ《ケー》には、物《もの》を云《い》われないでも君《きみ》の心《こころ》はよく解《わか》っていたし、君《きみ》は又君《またきみ》で、自分《じぶん》は奇麗《きれい》に諦《あきら》めながら何所《どこ》までも君《きみ》を芸《げい》術《じゅつ》の捧誓者《ほうせいしゃ》たらしめたいと熱望《ねつぼう》する、Ｋ《ケー》の淋《さび》しい、自己《じこ》を滅《めっ》した、温《あたた》かい心《こころ》の働《はたら》きをしっくりと感《かん》じていたからだ。

君等二人《きみらふたり》の眼《め》は悒鬱《ゆううつ》な熱《ねつ》に輝《かがや》きながら、互《たがい》に瞳《ひとみ》を合《あ》わすのを憚《はばか》るように、やや燃《も》えかすれたストーブの火《ひ》を眺《なが》め入《い》る。

そうやって黙《だま》っている中《うち》に君《きみ》はたまらない程淋《ほどさび》しくなって来《く》る。自分《じぶん》を憐《あわ》れむともＫ《ケー》を憐《あわ》れむとも知《し》れない哀情《あいじょう》がこみ上《あ》げて、Ｋ《ケー》の手《て》を取《と》り上《あ》げて撫《な》でて見《み》たい衝動《しょうどう》を幾度《いくど》も感《かん》じながら、女々《めめ》しさを退《しりぞ》けるようにむずがゆい手《て》を腕《うで》の所《ところ》で堅《かた》く組《く》む。

ふと煤《すす》けた天井《てんじょう》から垂下《たれさが》った電《でん》球《きゅう》が光《ひかり》を放《はな》った。驚《おどろ》いて窓《まど》から見《み》るともう往来《おうらい》は真暗《まっく》らになっている。冬《ふゆ》の日《ひ》の舂《うすづ》き隠《かく》れる早《はや》さを今《いま》さらに君《きみ》はしみじみと思《おも》った。掃除《そうじ》の行《ゆ》き届《とど》かない電球《でんきゅう》は埃《ごみ》と手垢《てあか》とで殊更《ことさ》ら暗《くら》かった。それが部屋《へや》の中《なか》をなお悒鬱《ゆううつ》にして見《み》せる。

「飯《めし》だぞ」

K《ケー》の父《ちち》の荒々《あらあら》しい疳走《かんばし》った声《こえ》が店《みせ》の方《ほう》から如何《いか》にも突慳貪《つっけんどん》に聞《き》こえて来《く》る。普段《ふだん》から自分《じぶん》の一人息子《ひとりむすこ》の悪《あく》友《ゆう》でもあるかの如《ごと》く思《おも》いなして、君《きみ》が行《ゆ》くと嘗《かつ》て機嫌《きげん》のいい顔《かお》を見《み》せた事《こと》のないその父《ちち》らしい声《こえ》だった。K《ケー》は一寸反抗《ちょっとはんこう》するような顔付《かおつ》きをしたが、陰性《いんせい》なその表情《ひょうじょう》を益《ますます》陰性《いんせい》にしただけで、きぱきぱと盾《たて》をつく様《よう》子《す》もなく、父《ちち》の心《こころ》と君《きみ》の心《こころ》とを窺《うかが》うように声《こえ》のする方《ほう》と君《きみ》の方《ほう》とを等分《とうぶん》に見《み》る。

君《きみ》は長座《ちょうざ》をしたのがK《ケー》の父《ちち》の気《き》に障《さわ》ったのだと推《すい》すると座《ざ》を立《た》とうとした。然《しか》しK《ケー》はそういう心持《こころも》ちに君《きみ》をしたのを非常《ひじょう》に物足《ものた》らなく思《おも》ったらしく、君《きみ》にも是非《ぜひ》夕食《ゆうしょく》を一緒《いっしょ》にしろと勧《すす》めてやまなかった。

「じゃ僕《ぼく》は昼《ひる》の弁当《べんとう》を喰《く》わずにここに持《も》ってるからここで食《く》おうよ。遠《えん》慮《りょ》なく済《すま》して来《き》たまえ」

と君《きみ》は云《い》わなければならなかった。

K《ケー》は夕食《ゆうしょく》を君《きみ》に勧《すす》めながら、ほんとうはそれを両親《りょうしん》に打《う》ち出《だ》して云《い》う事《こと》を非常《ひじょう》に苦《く》にしていたらしく、Kさればとてまずい心持《こころも》ちで君《きみ》を返《かえ》すのも堪《た》えられないと思《おも》いなやんでいたらしかったので、君《きみ》の言葉《ことば》を聞《き》くと活路《かつろ》を見出《みいだ》したように少《すこ》し顔《かお》を晴《は》れ晴《ば》れさせて調剤室《ちょうざいしつ》を立《た》って行《い》った。それも思《おも》えば一家《いっか》の貧窮《ひんきゅう》がK《ケー》の心《こころ》に染《し》み亘《わた》ったしるしだった。君《きみ》は独《ひと》りになると段々暗《だんだんくら》い心《こころ》になり増《まさ》るばかりだった。

それでも夕飯《ゆうめし》という声《こえ》を聞《き》き、戸《と》の隙《すき》から漏《も》れる焼魚《やきざかな》の匂《におい》をかぐと、君《きみ》は急《きゅう》に空腹《くうふく》を感《かん》じ出《だ》した。而《そ》して腰《こし》に結《むす》び下《さ》げた弁当包《べんとうづつ》みを解《と》いてストーブに寄《よ》り添《そ》いながら、椅子《いす》に腰《こし》かけたままの膝《ひざ》の上《うえ》でそれを開《ひら》いた。

北海道《ほっかいどう》には竹《たけ》がないので、竹《たけ》の皮《かわ》の代《かわ》りにへぎで包《つつ》んだ大《おお》きな握《にぎ》り飯《めし》はすっかり凍《い》ててしまっている。春《はる》立《だ》った時節《じせつ》とは云《い》いながら一日寒空《にちさむぞら》に、切株《きりかぶ》の上《うえ》にさらされていたので、飯粒《めしつぶ》は一粒一粒《ひとつぶひとつぶ》ぼろぼろに固《かた》くなって、持《も》った手《て》の中《なか》から壊《こぼ》れ落《お》ちる。試《こころ》みに口《くち》にもって行《い》って見《み》ると米《こめ》の持《も》つ甘味《あまみ》はすっかり奪《うば》われていて、無味《むみ》な繊維《せんい》のかたまりのような触覚《しょっかく》だけが冷《つめ》たく舌《した》に伝《つた》わって来《く》る。

君《きみ》の眼《め》からは突然《とつぜん》、君自身《きみじしん》にも思《おも》いもかけなかった熱《あつ》い涙《なみだ》がほろほろとあふれ出《で》た。じっと坐《すわ》ったままではいられないような寂寥《せきりょう》の念《ねん》が真《まっ》暗《くら》に胸中《きょうちゅう》に拡《ひろ》がった。

君《きみ》はそっと席《せき》を立《た》った。而《そ》して弁《べん》当《とう》を元通《もとどお》りに包《つつ》んで腰《こし》にさげ、スケッチ帖《ちょう》を懐《ふところ》ろにねじこむと、こそこそと入口《いりぐち》に行《い》って長靴《ながぐつ》をはいた。靴《くつ》の皮《かわ》は夕方《ゆうがた》の寒《さむ》さに凍《こお》って鉄板《てっぱん》のように堅《かた》く冷《つめ》たかった。

雪《ゆき》は燐《りん》のようなかすかな光《ひかり》を放《はな》って真黒《まっくろ》に暮《く》れ果《は》てた家々《いえいえ》の屋根《やね》を被《おお》うていた。淋《さび》しいこの横町《よこちょう》は人《ひと》の影《かげ》も見《み》せなかった。暫《しば》らく歩《ある》いて例《れい》のデパートメント・ストアの出店《でみせ》の角近《かどちか》くに来《く》ると、一人《ひとり》の男《おとこ》の子《こ》がスケート下駄《げた》（下駄《げた》の底《そこ》にスケートの歯《は》をすげたもの）をはいて、できぼくに凍《こお》った道《みち》の上《うえ》をがりがりと音《おと》をさせながら走《はし》って来《き》た。その児《こ》はスケートに夢中《むちゅう》になって君《きみ》の側《そば》をすりぬけても君《きみ》には気《き》が付《つ》いていないらしい。

「氷《こおり》の上《うえ》が滑《すべ》れ出《だ》した時《とき》はほんとに夢中《むちゅう》になるものだ」

君《きみ》は自分《じぶん》の遠《とお》い過去《かこ》を覗《のぞ》き込《こ》むように淋《さび》しい心《こころ》の中《なか》にもこう思《おも》う。何《なに》事《ごと》を見《み》るにつけても君《きみ》の心《こころ》は痛《いた》んだ。

デパートメント・ストアのある本《ほん》通《どお》りに出《で》ると打《う》って変《かわ》って賑《にぎ》やかだった。電灯《でんとう》も急《きゅう》に明《あか》るくなったように両側《りょうがわ》の家《いえ》を照《て》らして、そこには店《みせ》の者《もの》と購買者《こうばいしゃ》との影《かげ》が綾《あや》を織《お》った。それは君《きみ》に取《と》っては、その場合《ばあい》の君《きみ》に取《と》っては、一つ一つ見知《みし》らぬものばかりのようだった。そこいらから起《おこ》る人声《じんせい》や荷橇《にぞり》の雑音《ざつおん》などがぴいんぴんと君《きみ》の頭《あたま》を針《はり》のように刺戟《しげき》する。見物人《けんぶつにん》の前《まえ》に引《ひ》き出《だ》された見世《みせ》物小屋《ものごや》の野獣《やじゅう》のようないらだたしさを感《かん》じて、君《きみ》は眉根《まゆね》の所《ところ》に電光《でんこう》のように起《おこ》る痙攣《けいれん》を小《こ》うるさく思《おも》いながら、むずかしい顔《かお》をしてさっさと賑《にぎ》やかな往来《おうらい》を突《つ》きぬけて漁師町《りょうしまち》の方《ほう》へ急《いそ》ぐ。

然《しか》し君《きみ》の家《いえ》が見《み》え出《だ》すと君《きみ》の足《あし》は

ひとりでにゆるみ勝《が》ちになって、君《きみ》の顔《かお》は知《し》らず識《し》らず、猶低《なおひく》くうなだれてしまった。而《そ》して君《きみ》は疑《うたが》わしそうな眼《め》を時々《ときどき》上《あ》げて、見知《みし》り越《こ》しの顔《かお》にでも遇《あ》いはしないかと気遣《きづ》かった。然《しか》しこの界隈《かいわい》はもう静《しず》まり返《かえ》っていた。

「駄目《だめ》だ」

突然君《とつぜんきみ》はこう小《ちい》さく云《い》って往来《おうらい》の真中《まんなか》に立《た》ち停《どま》ってしまった。そうして立《た》ちすくんだその姿《すがた》の首《くび》から肩《かた》、肩《かた》から背中《せなか》に流《なが》れる線《せん》は、若《も》しそこに見守《みまも》る人《ひと》がいたならば、思《おも》わずぞっとして異常《いじょう》な憂愁《ゆうしゅう》と力《ちから》とを感《かん》ずるに違《ちが》いない不思議《ふしぎ》に強《つよ》い表現《ひょうげん》を持《も》っていた。

暫《しば》らく釘《くぎ》づけにされたように立《た》ちすくんでいた君《きみ》は、やがて自分自身《じぶんじしん》をもぎ取《と》るように決然《けつぜん》と肩《かた》をそびやかして歩《ある》き出《だ》す。

君《きみ》は自分《じぶん》でも何処《どこ》をどう歩《ある》いたか知《し》らない。やがて君《きみ》が自分《じぶん》に気《き》が付《つ》いて君自身《きみじしん》を見出《みいだ》した所《ところ》は海産製造《かいさんせいぞう》会社《がいしゃ》の裏《うら》の険《けわ》しい崖《がけ》を登《のぼ》りつめた小《こ》山《やま》の上《うえ》の平地《へいち》だった。

全《まった》く夜《よる》になってしまっていた。冬《ふゆ》は老《お》いて春《はる》は来《こ》ない——その壊《こわ》れ果《は》てたような荒涼《こうりょう》たる地《ち》の上高《うえたか》く、寒《さむ》さをかすかな光《ひかり》にしたような雲《くも》のない空《そら》が、息気《いき》もつかずに、凝然《ぎょうぜん》として延《の》び拡《ひろ》がっていた。色々《いろいろ》な光度《こうど》と色々《いろいろ》な光彩《こうさい》でちりばめられた無数《むすう》の星々《ほしぼし》の間《あいだ》に、冬《ふゆ》の空《そら》の誇《ほこ》りなる参宿《オライオン》が、微妙《びみょう》な傾斜《けいしゃ》を以《もっ》て三つならんで、何《なに》かの凶徴《きょうちょう》のように一際《ひときわ》ぎらぎらと光《ひか》っていた。星《ほし》は語《かた》らない。ただ遥《はる》かな山裾《やますそ》から、干潮《かんちょう》になった無月《むげつ》の潮騒《しおさい》が、海妖《かいよう》の単調《たんちょう》な誘惑《ゆうわく》の歌《うた》のように、なまめかしく撫《な》でるように聞《き》こえて来《く》るばかりだ。風《かぜ》が落《お》ちたので凍《こお》り付《つ》いたように寒《さむ》く沈《しず》み切《き》った空気《くうき》は、この海《うみ》のささやきの為《た》めに鈍《にぶ》く震《ふる》えている。

君《きみ》はその平地《へいち》の上《うえ》に立《た》ってぼんやりあたりを見廻《みま》わしていた。君《きみ》の心《こころ》の中《なか》には先程《さきほど》から恐《おそ》ろしい企図《たくらみ》が眼《め》ざめていたのだ。それは今日《きょう》に始《はじ》まった事《こと》ではない。ともすれば君《きみ》の油断《ゆだん》を見《み》すまして、泥沼《どろぬま》の中《なか》からぬるりと頭《あたま》を出《だ》す水《みず》の精《せい》のように、その企図《たくらみ》は心《こころ》の底《そこ》から現《あら》われ出《で》るのだ。君《きみ》はそれを極端《きょくたん》に恐《おそ》れもし、憎《にく》みもし、卑《いや》しみもした。男《おとこ》と生《うま》れながら、そんな誘惑《ゆうわく》を感《かん》ずる事《こと》さえやくざな事《こと》だと思《おも》った。然《しか》し一旦《いったん》その企図《たくらみ》が頭《あたま》を擡《もた》げたが最後《さいご》、君《きみ》は魅《みい》られた者《もの》のように、藻掻《もが》き苦《くる》しみながらもじりじりとそれを成就《じょうじゅ》する為《た》めには凡《すべ》てを犠牲《ぎせい》にしても悔《く》いないような心《こころ》になって行《ゆ》くのだ。その恐《おそ》ろしい企図《たくらみ》とは自殺《じさつ》する事《こと》なのだ。

君《きみ》の心《こころ》は妙《みょう》にしんと底冷《そこび》えがしたように棘々《とげとげ》しく澄《す》み切《き》って、君《きみ》の眼《め》に映《うつ》る外界《がいかい》の姿《すがた》は突然《とつぜん》全《まった》く表情《ひょうじょう》を失《うしな》ってしまって、固《かた》い、冷《つめ》たい、無慈悲《むじひ》な物《もの》の積《つ》み重《かさ》なりに過《す》ぎなかった。無際限《むさいげん》な唯《ただ》一つの荒廃《こうはい》——その中《なか》に君《きみ》だけが呼吸《こきゅう》を続《つづ》けている、それが堪《たま》らぬ程淋《ほどさび》しく恐《おそ》ろしい事《こと》に思《おも》いなされる荒廃《こうはい》が君《きみ》の上下《じょうげ》四《し》方《ほう》に拡《ひろ》がっている。波《なみ》の音《ね》も星《ほし》の瞬《またた》きも、夢《ゆめ》の中《なか》の出来事《できごと》のように、君《きみ》の知覚《ちかく》の遠《とお》い遠《とお》い末梢《まっしょう》に、感《かん》ぜられるともなく感《かん》ぜられるばかりだった。凡《すべ》ての現象《げんしょう》がてんでんばらばらに互《たがい》の連絡《れんらく》なく散《ち》らばってしまった。その中《なか》で君《きみ》の心《こころ》だけが張《は》りつめて死《し》の方《ほう》へとじりじり深《ふか》まって行《ゆ》こうとした。重錘《おもり》をかけて深《ふか》い井戸《いど》に投《な》げ込《こ》まれた燈明《とうみょう》のように、深《ふか》みに行《ゆ》く程君《ほどきみ》の心《こころ》は光《ひかり》を増《ま》しながら感《かん》じを強《つよ》めながら、最後《さいご》には死《し》というその冷《つめ》たい水《みず》の表面《ひょうめん》に消《き》えてしまおうとしているのだ。

君《きみ》の頭《あたま》が痺《しび》れて行《ゆ》くのか、世界《せかい》が痺《しび》れて行《ゆ》くのかほんとうに判《わか》らなかった。恐《おそ》ろしい境界《きょうかい》に臨《のぞ》んでいるのだと幾度《いくど》も自分《じぶん》を警《いまし》めながら、君《きみ》は平気《へいき》な気持《きも》ちでとてつもない呑《のん》気《き》な事《こと》を考《かんが》えたりしていた。而《そ》して君《きみ》は夜《よる》の更《ふ》けて行《ゆ》くのも寒《さむ》さの募《つの》るのも忘《わす》れてしまって、そろそろと山《やま》鼻《はな》の方《ほう》へ歩《ある》いて行《い》った。

脚《あし》の下遠《したとお》く黒《くろ》い岩浜《いわはま》が見《み》えて波《なみ》の遠音《とおね》が響《ひび》いて来《く》る。

唯一《ただひと》飛《と》びだ。それで煩悶《はんもん》も疑惑《ぎわく》も奇麗《きれい》さっぱり帳消《ちょうけ》しになるのだ。「家《うち》の者《もの》たちはほんとうに気《き》が違《ち》がってしまったとでも思《おも》うだろう。……頭《あたま》が先《さ》きにくだけるか知《し》らん。足《あし》が先《さ》きに折《お》れるか知《し》らん」

君《きみ》は瞬《まばた》きもせずにぼんやり崖《がけ》の下《した》を覗《のぞ》きこみながら、他人《たにん》の事《こと》でも考《かんが》えるように、そう心《こころ》の中《なか》でつぶやく。

不思議《ふしぎ》な痺《しび》れはどんどん深《ふか》まって行《ゆ》く。波《なみ》の音《おと》なども少《すこ》しずつかすかになって、耳《みみ》に這入《はい》ったり這入《はい》らなかったりする。君《きみ》の心《こころ》はただ一図《いちず》に、眠《ねむ》り足《た》りない人《ひと》が思《おも》わず瞼《まぶた》をふさぐように、崖《がけ》の底《そこ》を目《め》がけてまろび落《お》ちようとする。危《あぶな》い……危《あぶな》い……他人《たにん》の事《こと》のように思《おも》いながら君《きみ》の心《こころ》は君《きみ》の肉体《にくたい》を崖《がけ》の際《きわ》から真逆様《まっさかさま》につき落《おと》そうとする。

突然君《とつぜんきみ》は跳《は》ね返《かえ》されたように正気《しょうき》に帰《かえ》って後《うし》ろに飛《と》び退《す》ざった。耳《みみ》をつんざくような鋭《するど》い音響《おんきょう》が君《きみ》の神《しん》経《けい》をわななかしたからだ。

ぎよっと驚《おどろ》いて今更《いまさ》らのように大《おお》きく眼《め》を見張《みは》った君《きみ》の前《まえ》には平地《へいち》から突然《とつぜん》下方《かほう》に折《お》れ曲《まが》った崖《がけ》の縁《へり》が、地球《ちきゅう》の傷口《きずぐち》のように底深《そこぶか》い口《くち》を開《あ》けている。そこに知《し》らず知《し》らず近《ちか》づいて行《い》きつつあった自分《じぶん》を省《かえり》みて、君《きみ》は本能的《ほんのうてき》に身《み》の毛《け》をよだてながら正《しょう》気《き》になった。

鋭《するど》い音響《おんきょう》は眼《め》の下《した》の海産製造会《かいさんせいぞうがい》社《しゃ》の汽笛《きてき》だった。十二時《じ》の交代時間《こうたいじかん》になっていたのだ。遠《とお》い山《やま》の方《ほう》からその汽笛《きてき》の音《おと》はかすかな反響《こだま》になって、二重《にじゅう》にも三重《さんじゅう》にも聞《き》こえて来《き》た。

もう自然《しぜん》はもとの自然《しぜん》だった。いつの間《ま》にか元通《もとどお》りな崩壊《ほうかい》したような淋《さび》しい表情《ひょうじょう》に満《み》たされて涯《はて》もなく君《きみ》の周囲《しゅうい》に拡《ひろ》がっていた。君《きみ》はそれを感《かん》ずると、ひたと底《そこ》のない寂寥《せきりょう》の念《ねん》に襲《おそ》われ出《だ》した。男《おとこ》らしい君《きみ》の胸《むね》をぎゅっと引《ひ》きしめるようにして、熱《あつ》い涙《なみだ》が留度《とめど》なく流《なが》れ始《はじ》めた。君《きみ》は唯独《ただひと》り真夜中《まよなか》の暗闇《くらやみ》の中《なか》にすすり上《あ》げながら真白《まっしろ》に積《つ》んだ雪《ゆき》の上《うえ》に蹲《うずくま》ってしまった、立《た》ち続《つづ》ける力《ちから》さえ失《うしな》ってしまって。

君《きみ》よ!!

この上君《うえきみ》の内部生活《ないぶせいかつ》を忖度《そんたく》したり揣摩《しま》したりするのは僕《ぼく》のなし得《う》る所《ところ》ではない。それは不可能《ふかのう》であるばかりでなく、君《きみ》を瀆《けが》すと同時《どうじ》に僕自身《ぼくじしん》を瀆《けが》す事《こと》だ。君《きみ》の談話《だんわ》や手紙《てがみ》を綜合《そうごう》した僕《ぼく》のこれまでの想像《そうぞう》は謬《あやま》っていない事《こと》を僕《ぼく》に信《しん》ぜしめる。然《しか》し僕《ぼく》はこの上《うえ》の想像《そうぞう》を避《さ》けよう。兎《と》も角《かく》君《きみ》はかかる内部《ないぶ》の葛藤《かっとう》の激《はげ》しさに堪《た》えかねて、去年《きょねん》の十月《がつ》にあのスケッチ帖《ちょう》と直率《ちょくそつ》な手紙《てがみ》とを僕《ぼく》に送《おく》ってよこしたのだ。

君《きみ》よ。然《しか》し僕《ぼく》は君《きみ》の為《た》めに何《なに》を為《な》す事《こと》が出来《でき》ようぞ。君《きみ》とお会《あ》いした時《とき》も、君《きみ》のような人《ひと》が——全然都会《ぜんぜんとかい》の臭味《くさみ》から免疫《めんえき》されて、過敏《かびん》な神経《しんけい》や過量《かりょう》な人為的智見《じんいてきちけん》に煩《わずら》わされず、強健《きょうけん》な意力《いりょく》と、強靭《きょうじん》な感情《かんじょう》と、自《し》然《ぜん》に哺《はぐく》まれた叡智《えいち》とを以《もっ》て自然《しぜん》を端《たん》的《てき》に見《み》る事《こと》の出来《でき》る君《きみ》のような土《つち》の子《こ》が——芸術《げいじゅつ》の捧誓者《ほうせいしゃ》となってくれるのをどれ程望《ほどのぞ》んだろう。けれども僕《ぼく》は喉《のど》まで出《で》そうになる言葉《ことば》を強《し》いて抑《おさ》えて、凡《すべ》てを擲《なげう》って芸術家《げいじゅつか》になったらいいだろうとは君《きみ》に勧《すす》めなかった。

それを君《きみ》に勧《すす》めるものは君自身《きみじしん》ばかりだ。君《きみ》が唯独《ただひと》りで忍《しの》ばなければならない煩悶《はんもん》――それは痛《いた》ましい陣《じん》痛《つう》の苦《くる》しみであるとは云《い》え、それは君自身《きみじしん》で苦《くる》しみ、君自身《きみじしん》で癒《いや》さなければならぬ苦《くる》しみだ。

地球《ちきゅう》の北端《ほくたん》――そこでは人《ひと》の生活《せいかつ》が、荒《あ》らくれた自然《しぜん》の威力《いりょく》に圧倒《あっとう》されて、痩地《やせち》におとされた雑草《ざっそう》の種子《しゅし》のように弱々《よわよわ》しく頭《あたま》を擡《もた》げてい、人《じん》類《るい》の活動《かつどう》の中心《ちゅうしん》からは見逃《みの》がされる程《ほど》隔《へだた》った地球《ちきゅう》の北端《ほくたん》の一つの地《ち》角《かく》に、今《いま》、一つのすぐれた魂《たましい》は悩《なや》んでいるのだ。若《も》し僕《ぼく》がこの小《ちい》さな記《き》録《ろく》を公《おおやけ》にしなかったならば誰《だ》れもこのすぐれた魂《たましい》の悩《なや》みを知《し》るものはないだろう。それを思《おも》うと凡《すべ》ての現《げん》象《しょう》は恐《おそ》ろしい神秘《しんぴ》に包《つつ》まれて見《み》える。如何《いか》なる結果《けっか》を齎《もた》らすかも知《し》れない恐《おそ》ろしい原因《げんいん》は地球《ちきゅう》のどの隅《すみ》っこにも隠《かく》されているのだ。人《ひと》は畏《おそ》れないではいられない。

君《きみ》が一人《ひとり》の漁夫《ぎょふ》として一生《いっしょう》を過《す》ごすのがいいのか、一人《ひとり》の芸術家《げいじゅつか》として終身働《しゅうしんはたら》くのがいいのか、僕《ぼく》は知《し》らない。それを軽々《かるがる》しく云《い》うのは余《あま》りに恐《おそ》ろしい事《こと》だ。それは神《かみ》から直接君《ちょくせつきみ》に示《しめ》されなければならない。僕《ぼく》はその時《とき》が君《きみ》の上《うえ》に一刻《いっこく》も早《はや》く来《く》るのを祈《いの》るばかりだ。

而《そ》して僕《ぼく》は、同時《どうじ》に、この地球《ちきゅう》の上《うえ》のそこここに君《きみ》と同《おな》じい疑《うたが》いと悩《なや》みとを持《も》って苦《くる》しんでいる人々《ひとびと》の上《うえ》に最上《さいじょう》の道《みち》が開《ひら》けよかしと祈《いの》るものだ。この切《せつ》なる祈《いの》りの心《こころ》は君《きみ》の身《み》の上《うえ》を知《し》るようになってから僕《ぼく》の心《こころ》の中《うち》に殊《こと》に激《はげ》しく強《つよ》まった。

ほんとうに地球《ちきゅう》は生《い》きている。生《い》きて呼吸《こきゅう》している。この地球《ちきゅう》の生《う》まんとする悩《なや》み、この地球《ちきゅう》の胸《むね》の中《うち》に隠《かく》れて生《う》まれ出《で》ようとするものの悩《なや》み――それを僕《ぼく》はしみじみと君《きみ》によって感《かん》ずる事《こと》が出来《でき》る。それは湧《わ》き出《い》で跳《おど》り上《あが》る強《つよ》い力《ちから》の感《かん》じを以《もっ》て僕《ぼく》を涙《なみだ》ぐませる。

君《きみ》よ！　今《いま》は東京《とうきょう》の冬《ふゆ》も過《す》ぎて、梅《うめ》が咲《さ》き椿《つばき》が咲《さ》くようになった。太《たい》陽《よう》の生《う》み出《だ》す慈愛《じあい》の光《ひかり》を、地面《じめん》は胸《むね》を張《は》り拡《ひろ》げて吸《す》い込《こ》んでいる。春《はる》が来《く》るのだ。

君《きみ》よ春《はる》が来《く》るのだ。冬《ふゆ》の後《あと》には春《はる》が来《く》るのだ。君《きみ》の上《うえ》にも確《たし》かに、正《ただ》しく、力強《ちからづよ》く、永久《えいきゅう》の春《はる》が微笑《ほほえ》めよかし……僕《ぼく》はただそう心《こころ》から祈《いの》る。

Ⅳ〈描く〉

木田金次郎と平成の「生れ出づる悩み」

バラ（絶筆）　1962（昭和37）年　油彩、カンヴァス　64.8×53.3cm（木田金次郎美術館蔵）

木田が描いた場所

木田金次郎美術館学芸員　岡部　卓

有島武郎の小説『生れ出づる悩み』の主人公「木本」のモデルとされた木田金次郎。「画家」として歩み始めた木田は、徹底して「北海道」にこだわり続けた。現在確認されている木田の油彩画は、唯一の外遊である１９２８（昭和３）年の満州・朝鮮旅行で描かれた数点を除くと、北海道以外で描かれた作品は１点もない。つまり「内地」を描いた作品がないのだ。

木田の画家人生で一貫しているのは、故郷岩内を拠点にし続けてきたことである。描かれたフィールドは、岩内から半径20キロ圏内、木田にとっては徒歩圏。現場主義を貫き、抱え持ったカンヴァスは40号以内という徹底ぶりだった。

木田の画業は、年代を追うごとに変遷してきた。初期の代表作《ポプラ》（１９２４年）は、印象主義を実践した教科書的な作風と見る向きもあろうが、画壇からも、そして中央からも遠く離れた岩内の地にありながら、有島と知己となった縁や、「白樺」などに目を通していたからこそ描かれた１枚であるといえる。およそ１世紀前に、地方でこの絵が描かれたことを思うと、縁の深さと木田自身の「画《え》が描きたい」という想いの強さを感じずにはいられない。木田は地方における西洋近代美術の実践例の典型ともいえるだろう。

岩内港　1956（昭和31）年
鉛筆、パステル、紙

木田が描いた時代は岩内漁業の全盛期。漁船がひしめくこのデッサンは色指定がされており、油彩制作の過程が見て取れる
（木田金次郎美術館蔵）

十代後半で有島武郎と出会い、二十代で始めた油彩画が独自性を帯びるのは四十代にさしかかる頃。《海》（１９３６年）は、かつての労働の場であった海をモティーフとした最初期の作品。点描から線描へとタッチが伸び、自然の移ろいが表現されてゆく。木田の画風の最大の転換点は、１９５４（昭和29）年の「岩内大火」。描きためた作品のほとんどを61歳で焼失するも、そこから再起、失った作品と時間を取り戻すかのように、明るい色彩と素早いタッチで自然をとらえたと評される。

しかし、作風の変化はその数年前から始まっていた。１９５０年頃に描かれた《古番屋》あたりから、軽快な色彩とタッチという、大火以降に顕著になる特徴がすでに現れている。戦前から終戦直後にかけて、独立美術協会の野口彌太郎や児島善三郎との接点が指摘されるも、画風の影響を受けたとまではいえないだろう。そしてこれらの作風は、もはや有島経由の近代美術の受容ではなく、木田のオリジナリティとして確立されてゆく。

木田がモティーフとして選んだ場所は、そのほとんどが観光名所的なポイントではなく、何気ない風景である。岩内港や岩内山は毎日眺められる場所であるし、積丹半島方面に足を伸ばせば、堀株《ほりかっぷ》やモイワがある。岩内はニセコ連峰と積丹半島の山並みに挟まれた田園地帯を背景にもち、日本海が湾入する特有の地形。立つ場所や眺める角度によって、木田ならずとも風景のバリエーションが豊富な土地である。

木田の後輩に当たる画家たちは、木田の描いた土地をかつての鰊《にしん》漁場になぞらえて「木田金次郎の千石場所」と呼んだ。ここに挙げた代表作のみならず、それぞれの作品が「内地」を描かずとも描く歓びを感じさせる、画家・木田金次郎の生きた証である。

岩内山 1960（昭和35）年
コンテ、紙

自宅前から眺めた岩内山。毎日眺めていた山だからこそ、木田は町内各所の山の見え方の違いを描き分けていた
（木田金次郎美術館蔵）

ポプラ　1924（大正13）年　油彩、カンヴァス　52.9×40.8cm（木田金次郎美術館蔵）

海　1936 (昭和11) 年　油彩、カンヴァス　40.9×60.6cm (木田金次郎美術館寄託)

春より初夏にかけて　1942（昭和17）年　油彩、カンヴァス　45.3×53.0cm（有島記念館蔵）

古番屋　1950（昭和25）年ごろ　油彩、カンヴァス　50.0×60.8cm（法人蔵）

大火直後の岩内港　1954（昭和29）年　油彩、カンヴァス　52.7×65.0cm（木田金次郎美術館蔵）

波　1958（昭和33）年　油彩、カンヴァス　65.1×80.3cm（木田金次郎美術館蔵）

夏の岩内港　1960（昭和35）年　油彩、カンヴァス　80.3×100.0cm（木田金次郎美術館蔵）

朝焼けの羊蹄　1960（昭和35）年ごろ　油彩、カンヴァス　60.6×72.9cm（木田金次郎美術館蔵）

堀株秋景（網を繕う人）　1961（昭和36）年　油彩、カンヴァス　60.6×72.7cm（木田金次郎美術館蔵）

春のモイワ　1961（昭和36）年　油彩、カンヴァス　65.1×90.9cm（木田金次郎美術館蔵）

◎平成の「生れ出づる悩み」たち

「平成の『生れ出づる悩み』」コンテスト（有島記念館、木田金次郎美術館、北海道開拓の村、北海道新聞社などの実行委員会主催）は、若手芸術家に発表の場を提供しようと、二人の出会いから100年を迎えた2010年にスタート。作品のみならず、作家が創作や発表に関する考えや悩みを綴った文章も審査対象とし、北海道内各地で隔年で展覧会を開催している。これまでの入選作品の一部を紹介する。

1

2

3

4

5

6

7

[2010] 1 **佐藤仁敬**1980年生〈アオキココロザシ〉「生きる強さ」を画面にどう表現するかを日々考えている。2 **向中野るみ子**1980年生〈過ぎゆく時〉才能があるわけではない。だからこそ作品にしっかり時間と愛情を注いで制作する。3 **石垣渉**1979年生〈早起きの防風林〉風景を描きながら地球や宇宙を感じさせるような絵を描いていきたい。4 **新見亜矢子**1979年生〈Salem〉光、音、風…。心に溜まった世界をキャンバスの中に創りたい。5 **駒澤千波**1980年生〈Rain forest〉意識と無意識、日常と非日常など二つの世界がつながる瞬間を表現したい。6 **安田祐子**1984年生〈肩にのこる声〉自分の中にある焦燥感や破壊欲、光と闇が隣接し、変化する感覚に不安を抱く。7 **櫻井亮**1977年生〈でっち〉苦境を熱い創作欲に転換し、苦しみを一気に昇華させることで乗り越える。　※コメントは応募書類などから抜粋・要約

8

9

10

11

12

13

[2012] 8 **伊藤恵里**1979年生〈海辺の原野〉現実問題として絵画制作には資金が必要。作品が売れなければ借金だけが残る。9 **カトウタツヤ**1982年生〈つま先〉会社に勤めながら制作・発表活動を行っているため時間の配分が難しい。10 **浜地彩**1980年生〈ひかりの旋律〉言葉では表現できないもどかしさを日々感じている。作品をマンネリ化させないこと。
[2014] 11 **松崎祐哉**1983年生〈SUSUKINO−ただただそこにいるだけで〉職業とするにはあまりにも出口が閉ざされた現代。自分自身がよりよく成長していくこと。12 **今野沙紀**1979年生〈天使の足のふむところ かわりの花がまたひらく(金子みすゞ詩より)〉制作は孤独ではあるが、決して閉鎖的にならず開放的であるべき。13 **唐神知江**1981年生〈冬の景色〉いまも100年前と同様、公共の場での芸術に対する必要性が見くびられている。

14

15

16

17

18

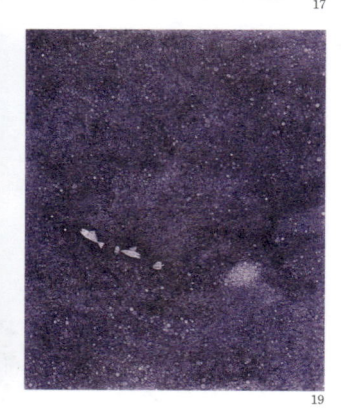

19

20

[2016] 14 **Ochiro**1991年生〈夢の中に、落ちた君へ。〉創造することと生活することのはざまで葛藤し悩み続けている。15 **池田さやか**1981年生〈hands up〉自分や人々の感情の動きの受け取り方や考え方を探すために絵を描いている。**[2018]** 16 **吉田小夜子**1997年生〈息をしている〉作品にふさわしい素材とは何か、遊びのような題材も作品になるのか、迷う。17 **吉田麻子**1997年生〈作品群 のぞいてみれば?より 深海魚〉素朴で地味なものこそ美しいと思う私が、多くの人に認めてもらいたいと考える矛盾。18 **後藤寧々**1997年生〈さかな〉自己肯定感が低く他人の栄光がまぶしい。でも、苦悩は神様からの試練だと思う。19 **中村美沙子**1986年生〈sinkaigyo〉オンラインマーケットで作品を販売している。自己表現とのギャップに違和感を持つ。20 **松原明季美**1996年生〈Tern on〉自信が持てず、完成まで常に不安。でも描くことが好きなのは変わらない。

V〈語る〉

時代を超えて

1937（昭和12）年頃、札幌・上白石の
旧有島邸前に立つ木田金次郎
（木田金次郎美術館蔵）

吹雪の夜を想像する

谷村志穂（作家）

久しぶりにこの小説を読んだ。

私の書棚にある『小さき者へ・生まれいずる悩み』の岩波文庫は、１９９１年に発行された第61刷。はじめて読んだときには私はまだ20代で、当時の担当編集者に勧められたのは、実は本書に併録されている『小さき者へ』の方だった。

「僕はこんなに美しい小説は他に知らない」と、その人は自分自身もはじめて父親になったばかりの多感さをもってそう伝えてくれた。

多感というなら、本書に収録された二編を共に貫いているのは、「私」の多感さにちがいない。この言葉は時に青臭さと共にあるのだけれど、私は有島武郎氏の小説を読んでから、多感さの印象を抱き変えるようになった。

『小さき者へ』だけでなく、むしろ『生まれいずる悩み』の主人公（語り手である「私」）こそが感受性の深さに満ちていようか。作家の内側からあふれた多感さそのものが、この小説なのだと今は思う。「私」から「君」への「共感」の深さ、互いが起こす劇をではなく、「君」が引き起こした劇を書くのでもなく、ただただ木本という青年の存在への共感が描かれている。ここに表されたのは、人間が持って生まれた共感する力だ。その力の深さが、激しく美しい言葉を手繰り寄せている。

私はこの小説の前半、木本が吹雪の夜に、主人公がニセコに持つ農場を訪ねてくる場面が特に好きだ。この場面にくると、冬の日に、二人が過ごした時間の想像に浸る。主人公の前に、スケッチブックを手にふたたび現れた木本のどこか清々しいほどの、素朴に向かって洗われた生命力の輝き、またそうしたすべてに心を澄まして向き合う主人公のありようから得る感動は変わらない。

すでにすっかり漁師の面持ちになった木本が、〈山の心持ち〉を語り、〈海を見れば海でいいが、山を見れば山でいい。もったいないくらいそこいらにすばらしいいいものがあるんだが〉と語る。

有島武郎氏の多感さは、彼を実際の行動へと突き動かしたことを、私たちは今知っている。そこには最後の死も含まれるのかもしれないけれど、彼はこの小説で木本として描いた木田金次郎の個展を開き、その絵を広く伝えた。そして何より、ニセコの農場を解放した。

有島氏が小作の人たちのために解放した農場は、なんとも言えない美しい場所だ。幾度も出かけているが、なぜか好天の日が多く、空が広く、澄んだ風が吹き抜ける。土地を得た人々の心が刻まれているように感じられる場所だ。その行動の礎には、ロシアの思想家の相互扶助の考えが元にあったそうだ。

そうかもしれないが、思想家の考えを持ち出す以前に、『生まれいずる悩み』の「私」はひとえに多感で優しい。生まれもった富を有島氏は恩恵だとは終身捉えなかった。富を得るまでの道のりに、幾つもの犠牲になった「木本の心」があり、または芸術に限らず、自然と向き合う人々へ、有島氏は深い共感を持っていたと感じさせる。富の裏で犠牲になったものこそを、作家は美しいと感じている。

そうしたまでの共感の深さは、特別に生まれ持つものなのか、誰もにあっても失いがちなのか、またはある環境の中で磨かれていくものなのか、考えてみても答えは出ない。ただ久しぶりにページを開いたこの作品には、変わらぬ純粋な力が張りつめられていて、私はやはりそこには、人間が持っている本質的な優しさが描かれているように感じた。優しさは、力。持っている力なのなら、忘れたくないようにも感じた。

〈君の言葉も様子も私には忘れる事のできないものになった。〉

吹雪の夜に来訪した木本を、主人公は驚くほど平易な言葉で一旦そう受け止めている。美しい描写が綺羅星《きらぼし》のごとく輝く小説であり、そうした描写をして永遠に存在し続ける作品なのだと思うけれど、〈君の言葉も様子も……〉と「私」が「君」に向けたその言葉を、私自身は、有島武郎氏とこの作品へと向けたくなる。忘れる事のできない、そして忘れたくない、人の心が書き表されている。

生活記録の記念塔

池内　紀（ドイツ文学者・エッセイスト）

若いころの木田金次郎の写真を見たことがある。漁の後のイップクといったところだろう。そんなとき漁師がよく身につけるように、長いどてらを着こんで突っ立っていた。添え書きで木田金次郎と知らなければ、漁のチームのたくましい若頭《わかがしら》といったところだ。実生活か芸術かで思い悩んでいる青年画家とは、とても思えない。

『生れ出づる悩み』には、木田金次郎の手紙がそのまま使われている。

「北海道ハ秋モ晩《おそ》クナリマシタ。野原ハ、毎日ノヨウニツメタイ風ガ吹イテイマス」

時は明治43（１９１０）年。漁家に生まれた絵の好きな少年は、十代半ばで上京、雑誌「白樺」が創刊された年で、白樺派の芸術運動を知った。２年ばかりして帰郷、実家を継ぐ。だが、悶々としてたのしめず、画家の夢を捨てきれない。

当時、有島武郎は32歳。アメリカ帰り、東北帝国大学農科大学（前・札幌農学校）教授。小説や評論を「白樺」に掲載しはじめたころ。前年、結婚した。札幌・白石町の家に、岩内出身の少年が訪ねてくる。『生れ出づる悩み』は回想の形でつづられている。

「私が君に始めて会ったのは、私がまだ札幌に住んでいる頃だった。私の借りた家は町端《はず》れを流れる豊平《とよひら》川という川の右岸にあった。その家は堤の下の一町歩《ちょうぶ》ほどもある大きな林檎《りんご》園の中に建ててあった」

金次郎の手紙にあるように晩秋のころで、冷たい風の中に、林檎がたわわに実っていた。青年を木戸から送り出したあと、「私」は庭下駄で林檎園を歩きまわった。

「ちょうどその頃は、私も生活のある一つの岐路に立って疑い迷っていた時だった。私は冬を眼前に控えた自然の前に、幾度も知らず知らず棒立ちになって、君の事と自分の事とをまぜこぜに考えた」

『生れ出づる悩み』は一般には、画家志望の青年漁師をモデルにして、そこから本来の自分が「生まれ出づる」までを語ったように思われている。

「昨日スケッチ帖ヲ三冊送リマシタ。イツカあなたニ画ヲ見テモライマシテカラ、故郷デ貧乏漁夫デアル私ハ、毎日忙シイ仕事ト激シイ労働ニ追ワレテイルノデ、ツイ今年マデ画ヲカイテミタカッタノデスガ、ツイ描ケナカッタノデス」

そんな青年に、有島武郎は「忠実に熱心にその地の自然と人をお眺めなさるがいい」といったアドバイスを書き送った。ごく平凡な言葉だが、ほかに言いようもなかったのだろう。『生れ出づる悩み』は青年にあてたよりも、自分にあてて書いた告白であって、作家自身が「一つの岐路」に立って迷っていた。明治のインテリの典型だが、キリスト教と人道主義、教職と作家生活、結婚と自我の伸長。しかもこの悩める人は決断して一つをとるよりも、悩みを誠実に悩みぬくことこそ自分のつとめと考えている。

だからおよそ8年後に、父から引き継いだ狩太（現 ニセコ町）の農場で再会をはたしたとき驚いた。はじめて会ったときは、ものさびしい晩秋で、青年は青白く骨張っていた。このたびは吹雪の夜で、青年はたくましい仁王のようにさえ見えた。

木田金次郎は本当に吹雪の夜に狩太の農場を訪ねたのだろうか。そのときあらわれたたくましい青年は、おりしも有島武郎がこの年に発表した『カインの末裔』の主人公を思わせる。狩太の大自然をそのまま人物化したような野人の姿である。

大正12（1923）年、有島武郎は軽井沢の別荘で波多野秋子と心中、遺体は1カ月後に発見された。木田金次郎が漁業を捨て絵に専念するのは、これ以後である。悩めるインテリと違い、青年は厳しく決断した。

木田金次郎の初期の作は大半が昭和29（1954）年の岩内大火で燃えてしまった。わずかにのこっている作品からも見てとれる、雑誌「白樺」で知った印象派の手法であって、光の明暗によって自然をとらえる。だが、都会の画家たちと、なんと違っていることだろう。この自然は圧倒的な存在感をもち、張りつめたような気迫を湛《たた》えている。若い画家は自分の画業を「生活記録の記念塔」と呼んでいた。それを日一日と築いていった。

◎クロストーク

岡部卓（木田金次郎美術館学芸員）×伊藤大介（有島記念館主任学芸員）

（構成・谷口雅春／写真・大友真志）

悩みの中の希望

岡部　いま『生れ出づる悩み』をどう読むか。伊藤さんの意見を聞かせてください。

伊藤　直球ですね（笑）。この作品は百年ものあいだ読者を惹きつけています。なぜだろうと考えます。これは有島が、木本を通して自分を描いている作品とも読めます。木本は家業か画業かで悩みますが、有島も父との葛藤を抱えながら、生活か芸術かで苦悩しました。ブルジョアに生まれ北海道に大農場を持っていることの、幸せではなく苦しさ。人間と自然、生と死、聖と俗、肉か霊かといった二項対立は有島文学が繰り返し描く主題で

もあります。そしてそんな葛藤や対立は、誰もが何らかの形で抱えている普遍的なものでもあるでしょう。

岡部　嵐の海の漁船の描写などもすばらしいですね。その素材は、木田が狩太の農場を訪ねていったあの日に仕込んだもの。たった1日であそこまで木田から情報を引き出して、それを緊張感のある文体で書き起こしていく作家としての力量にやはり感服します。そして普遍的なテーマでいえば、私は「ひとつの偶然の出会い」を考えてみたくなります。ある出会いが人の生き方を変えて、それまで想像もできなかった方向へと背中を押す。悩みもがきながらも、そのことが希望だと感じます。

ところで伊藤さんは、木田が訪ねたあの有島の家（札幌市白石区菊水）の近くで生まれ育ったんですね。

伊藤　そうなんです。父は理容師で母が美容師。あそこから歩いて数分のところでふたりで店を出していたので、あのあたりは遊び場だったんです。小学校4年生のときに地域の歴史を調べる授業があって、有島を取り上げた同級生がいました。標識もあったし私も知識としては知っていましたが、ただそれだけでした。そしてほどなくして、社会科見学で「北海道開拓の村」（札幌市厚別

かつて有島と木田が出会った札幌・豊平川河畔で

区）に行くと、その建物が移築されていてびっくりしました。有島武郎という作家が強く印象づけられた出来事です。でも実際に読んだのは、大学生になってから。レポートを書かされたのです。不在地主と小作を入り口に、この作品を経済学的に論じろ、と。「強制力」が働いたもので、純粋な読書ではありませんでした。だからでしょうか、読み終わってまず、はじめの勢いがなくなってしまう終わり方に、「なんだこれは！」と思いました。まるで昔のプログラムピクチャー（時間制限によって強引な終わらせ方をする低級映画）みたい。でもまっすぐに語りかけてくるような文体にぐいぐい引き込まれていったのも事実です。あとになって、前半と後半の筆致のちがいは、病気で新聞連載が中止になったからだとわかりました。

岡部さんと岩内や木田金次郎との出会いはどのようなものでしたか？

岡部　私も伊藤さんも鉄道ファンですが、国鉄岩内線が廃止になる前の年の1984（昭和59）年に、札幌から胆振線と岩内線をひとりでまわりました。高校1年生の時です。次の年、父とその友人がそれぞれの子どもを連れて夏休みに出かける恒例の行事があって、また岩内に行きました。岩内町郷土館に行くと、木田の絵が何枚か展示されていました。木田金次郎美術館ができる前は、郷土館に代表作が展示されていたのです。

学芸員という仕事

岡部　私が木田金次郎美術館の学芸員になったのは1997（平成9）年で、28歳でした。大学で地理学や地域文化を学んでいたので、個性豊かな地域に根ざして仕事をすることがうれしかった。

伊藤　28歳のとき、私はまだ学生でした（笑）。

岡部　美術館の開館は、その3年前の1994（平成6）年11月で、立ち上げを担った学芸員である久米淳之さんが道立近代美術館に移るタイミングで入ったのです。まず木田の絵にふれながら、佐藤友哉さんの『木田金次郎―生れ出づる悩み』（ミュージアム新書⑦、北海道新聞社）をはじめ基本的な文献を読み進めて、まちの人たちからもいろいろなことを教わっていきました。自分で企画した最初は、「モレアガル山」展（1998年）です。館外にある作品の出品交渉などに取り組む中で、木田金次郎が生きた軌跡を自分なりに吸収していきました。

　伊藤さんが学芸員になろうと思ったのはいつですか?

伊藤　小学校の授業で「北海道開拓記念館」（現北海道博物館）に行ったのです。そのころから古いものや鉄道が好きだったので、展示にワクワクしました。そして、古い資料に囲まれて研究する学芸員という仕事があると知りました。夢のような世界だと思って、「よし学芸員になろう」と決めました。そこからいろんな回り道があったのですが――。

おかべ・たく　1969年札幌生まれ

　岡部さんは専門職としてひとりで赴任したわけですが、まちの人たちとの関わりや付き合いはどのように進展しましたか?

岡部　美術館には当然、誕生までのいろいろな前史があります。私が加わったのは、町の人たちのたくさんの思いが具体的な形となり、前任の久米さんたちが作った運営の仕組みが軌道に乗っていたタイミングでした。それはまた幸い、美術館を生んだ気運や、直接関わった人々をまだ身近に感じることができる時期でもありました。それが幸運だったと思います。現在にいたる木田金次郎美術館の精神は、「みんなでつくる美術館」というもの。立ち上げに関わった皆さんは、この若造を支えていかなければならない、と思ってくださった。ありがたいことですし、責任も重大です。最初は単身ですからよけい、仕事以外の生活のこともたくさん助けていただきました。そうしたお付き合いの中から木田の一面をさらに知ったり、企画のアイデアを見つけることができました。

　私は当時の岩城成治町長から、「岩内のセールスマンになってくれ」と言われました。木田の絵を集めて保存・研究・公開することのほかに、岩内で生まれ育った木田を通して岩内のことを広くアピールすることが自分の仕事なんだと思いました。

伊藤　「岩内のエンカマ根性」という言葉を聞いたことがあります。排他的な気質ということですが、そんな雰

いとう・だいすけ　1979年札幌生まれ

囲気は感じなかったのですね？

岡部　エンカマとはもともと、引き潮のあと海水がたまったくぼ地のことのようです。つまり外とのつながりがない閉じた世界。でも岩内は、三方は山に囲まれているものの、西は日本海に開かれている。古来海で世界とつながっていた土地ですから、決して閉鎖的ではありません。当初はとくに、木田の最後の弟子として知られ名誉館長を務めた青塚誠爾さんや岩内美術振興協会（木田金次郎美術館の運営団体。現在はＮＰＯ法人）の方々などをはじめとして、事務所にまちのいろんな方が訪ねてきてくださいました。「今度の学芸員はどんなやつだ？」という好奇心もあったでしょう。

伊藤さんの社会人デビューは30歳だそうですが、ニセコ町に落ち着くまではどんなキャリアを？

伊藤　小学生のときから学芸員になるぞと決めた私ですが、実は進んだ大学は、学芸員資格が取れない大学でした。そこに進んだのは親との約束だったのです。だから学芸員資格はちがう大学の大学院で取ろうと思い進学しました。でもそのころは就職氷河期で、修士が終わっても博物館系の求人はありません。仕方なく博士課程まで進んだのですが、アルバイト先で知り合った方から、君は世間知らずだからもっと社会勉強をしなきゃダメ、この店に通ってごらん、とススキノの焼き鳥屋さんを紹介されました。行ってみるとたしかに、マスコミ関係やアーティストなどいろんな方と知り合えて楽しかったのです。そこで出会った方のつながりで、北海道立文学館の映画のワークショップに関わるようになり、そこから1年間、臨時職員で文学館の学芸の仕事をしました。就いた上司がとても厳しく意欲的な方で、こちらがアルバイトの身分であるにもかかわらず、学芸員の仕事について根源的なところからじっくり仕込んでもらえました。展示にも関わらせてもらって、図録に文章を書いたり。これが30歳でした。

岡部　「偶然の出会い」が道を開きましたね。

伊藤　次の年、今度は文学館で事務方の仕事、学芸員をサポートする臨時職員になりました。立場がちがう現場を経験したことは有益でした。そして雇用期間が切れるタイミングでニセコ町との縁が生まれました。２０１１年の春です。

新しい切り口

岡部　迷いはなかったですか?

伊藤　有島記念館は、有島武郎生誕百年を記念したニセコ町の事業として1978（昭和53）年に開館しました。目的はまず、有島謝恩会（旧小作農家の集まり）が保存していた有島農場の資料を収める場をつくることでした。その意義は大きく、高山亮二先生はじめたくさんの方が、まちの歴史文化的なシンボルとして関わってきました。しかし運営を担う世代も替わって、外から見れば難しい時期にある博物館だな、とは思いました。入館者の微減状態が続いていましたし、まちの人にとっては空気のような存在になっている。有島武郎の文学関係の資料数では日本近代文学館（東京都目黒区）に絶対かないませんから、有島記念館がニセコにある意味を再構築しなければならない。となれば、やはり軸は有島農場になります。

岡部　狩太（現ニセコ）に深く根を下ろした有島と有島作品との関わりこそが館の存在価値なんですね。

伊藤　そうです。有島記念館はいわゆる文学資料館ではありません。資料さえあれば文学資料館はどこだってできます。でも有島記念館は、ニセコにしか存在できない。その価値や可能性を教育委員会をはじめいろんな方と再度探究しようと思いました。収蔵資料の整理も不十分でした。そうしていろんな摩擦や支援や期待を受けとめながら走ってきました。私は大学院で博物館経営を研究していたので、地域に根ざした館の舵取りはまさに火中の栗を拾うような気もしましたし、道立文学館では実物資料を扱う経験もできたので、その次のステップへの挑戦でした。多くの皆さんの力を借りながら、この7年間を歩むことができました。

岡部　個人名を冠した博物館・美術館は、ともすれば企画のネタ切れが心配されます。その作家のファンも、年を追ってゆっくりと減っていくでしょう。

伊藤　特別展示で岡部さんが提示した「木田金次郎の交流圏」という切り口のシリーズは、大きな広がりがあってすばらしいと思いました。

岡部　赴任した当初、ある専門家から、個人美術館は20年をワンサイクルくらいに考えると良い、とアドバイスされました。つまり20年毎年ちがった企画をつづければ、20年後にはまた最初の企画にもどっても違和感はない。それをめざして来たのですが、２０００年に思いがけない大きな出会いがありました。日本画家で民俗学者の橋浦泰雄が持っていた木田作品を預かることになったのです。はじめは橋浦という人物もよく知らなかったのですが、ご遺族を訪ねてお話をうかがうと、末の弟が札幌農学校で有島に教えを受けたことや、有島武郎を通して木田金次郎と深い交友があったことがわかりました。また同じ時期に、道展で活躍していた札幌の画家小谷博貞さんに講演をしてもらおうと考えていました。そして話を進めていくと、なんと小谷さんは橋浦泰雄の甥だった。人物交流の面白さがパッと視野に広がりました。

伊藤　そこから、建築家の田上義也や北海道銀行を立ち上げた島本融、朝日新聞の笠信太郎といった人々との交流に光を当てる企画が生まれていったのですね。

岡部　木田はどの会派にもほとんど属さずにもっぱら岩内とその周辺だけを舞台にした画家です。だから、ともすれば孤高の芸術家というイメージを持たれます。岩内大火（１９５４年）で１６００点もの作品を失ってしまったという悲劇的な挿話もある。でも実は、多様で個性的な人たちとのびのびと交流しています。彼らはみな、北海道文化史に重要な人物ばかりです。そして野口彌太郎など、東京方面の画家や芸術家との交友も豊かです。木田の人物交流自体が企画の切り口なる。これはうれしい発見でした。

地域から出て地域に返す

岡部　今回の事業、「出版１００年　有島武郎『生れ出づる悩み』と画家・木田金次郎」について。伊藤さんと私はかねてから、若い人たちに有島と木田のことをもっと知ってほしいと考えてきました。２０１５年11月にはインターネットを使った認知度調査を全国規模で行いましたね。

伊藤　千のサンプルで、結果は、有島を知っている人は全体で35・4%。60歳以上では知っている割合が知らない割合を上回っていますが、50歳代後半では同じくらいになり、45歳未満では7割以上が知らない。作品を読んだことがあるのは13・1%でした。木田金次郎の認知度は6%。私たちは、「知られていない」ことを前提に仕事をしなければならない。強くそう思いました。

岡部　あの数字を受けて、岩内ではあらためて、「木田金次郎を知っていますか?」という企画展を開きました。

伊藤　土地に根ざして作家個人の名前を掲げた館の使命は、いかにして町外に向けて作家の価値を知らせていくか。そこに尽きると思います。認知度調査からはじまった取り組みは、札幌駅前通地下歩行空間にアウトリーチしたパネル展（2017年3月）などを経て、今回の企画展へと進みました。大学の大先輩である佐野力さん(日本オラクル元会長、我孫子・白樺文学館元オーナー）をはじめたくさんの方の力添えをいただき、『生れ出づる悩み』をテーマにして4カ所（府中市、札幌市、ニセコ町、岩内町）で展覧会を開くことができるのは画期的なことです。予算でも企画の面でも、単館では絶対に無理だったし、共通点や関わりの多いふたつの館だったからこそ実現したと思います。

岡部　そうですね。木田金次郎の作品が80点以上津軽海峡を渡るのは約40年ぶりのことです。東京での開催館である府中市美術館のある府中市には、なんといっても有島が眠る多磨霊園があります。

伊藤　私は皆さんにまず、ふたりの名前を知ってほしい。記憶の種として若い人の心に名前が植えられたら、いつか芽を出すかもしれません。大正時代に出会った作家と画家、有島武郎と木田金次郎の深くて大きな世界への入り口を作りたいと思います。

岡部　同感です。そしてその入り口の先には、岩内とニセコへの実際の旅があってほしい。木田の絵や、『生れ出づる悩み』の舞台に来ていただいて、私たちの館を訪れてくだされば、こんなにうれしいことはありません。そして一方で、両館が空気のような存在になっている岩内とニセコの人々に、新たな刺激を提供したいという思いもあります。

伊藤　ニセコ町は2001（平成13）年に、全国に先駆けて自治体の憲法としてまちづくり基本条例を策定しました。条例の附則には「相互扶助」という言葉が出てきます。相互扶助とは、有島が農場解放で拠り所にした理念でした。世界的なスキーリゾートであり人気の避暑地でもあるニセコですが、まちの人々の暮らしに実際にふれてくだされば、有島のことをさらに身近に感じられるかもしれません。そしてまちの皆さんは、町外の方のニセコへのイメージやまなざしを意識することで、わが町の個性や豊かさを実感できるはずです。

岡部　私たちは2010年から1年おきに「平成の『生れ出づる悩み』コンテスト」という絵画公募展を開催してきました。有島記念館と木田金次郎美術館に加えて、ふたりの出会いの場となった住宅が移築されている北海道開拓の村、そして有島が札幌で最後に住んだ住宅が移築されている札幌芸術の森という、小説にゆかりの深い文化施設が連携したこの公募展の対象は、35歳以下の若いアーティストたちです。

伊藤　有島の励ましを受けた木田のような画家を応援するために、制作に対する考えや悩みといったテキストも審査対象としているのも特徴です。

岡部　岩内町は「絵のまち岩内」を自認しています。まちの人々は昔から、芸術や美術というより端的に「絵」が好きなんです。絵を描く人がいて、それを楽しむ人がいる。求める人や批評する人もいる。木田金次郎もそうした人々がいたおかげで画業に取り組むことができました。その精神は、たとえば現在の岩内高校美術部の活動などにも生きています。

伊藤　我々の活動を持続可能なものにしていくのは、いわばそのような「多様な生態系」だと思います。両館とも職員や役場の理解に恵まれていることも強調しておきたいです。

私の仕事は、文学館として有島武郎とニセコとの関わりの意味や価値を訴えることですが、館にはその入り口として、文化ホールの機能や美術館の働きがあり、郷土博物館の顔も用意しています。有島のことを全く知らずに、おいしいコーヒーを飲むためだけに来る方もいらっしゃいます。そんな多様な入り口や接点が、今回のこの展覧会のように、有島や木田のことを少しでも知るきっかけになることを期待しています。

上：1921（大正10）年9月、有島から木田にあてたポートレート。同月に木田は上京して有島宅に滞在している。木田が所有していた有島の遺品は、1954（昭和29）年9月26日の岩内大火の際に、自らの作品よりもいち早く自宅から持ち出されて焼失を免れている（木田金次郎美術館蔵）

下：『有島武郎著作集第六輯　生れ出る悩み』
（1918〈大正7〉年、叢文閣／有島記念館蔵）

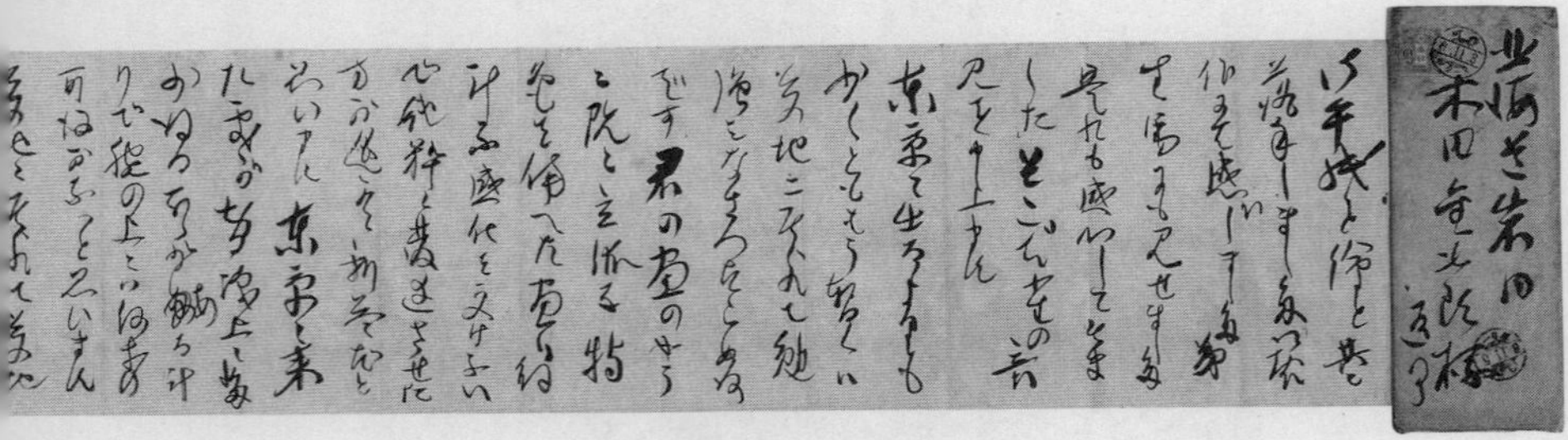

御手紙と絵と共に落手しました。御製作には感心しました。弟生馬にも見せました。是れも感心して居ました。そこで小生の意見を申上ます。

東京に出るよりも少くとももう暫くはその地に居られて勉強をなさったら如何です。君の画のように既に立派な特色を備えた画は余計な感化を受けないで純粋に発達させた方が遥かに利益だと思います。東京に来た処が智識上に多少得る所がある計りで腕の上には何等の所得がないと思います。その地に居られてその地の自然と人とを忠実に熱心に

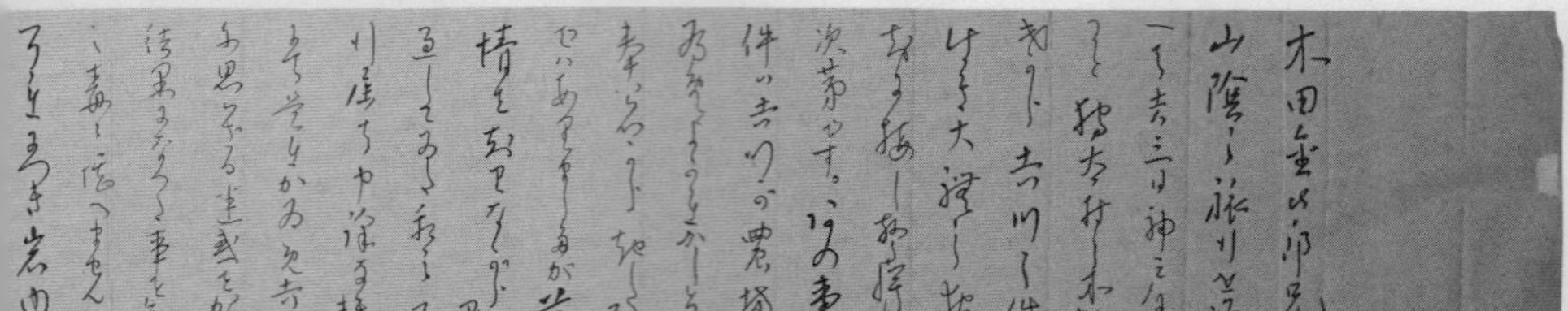

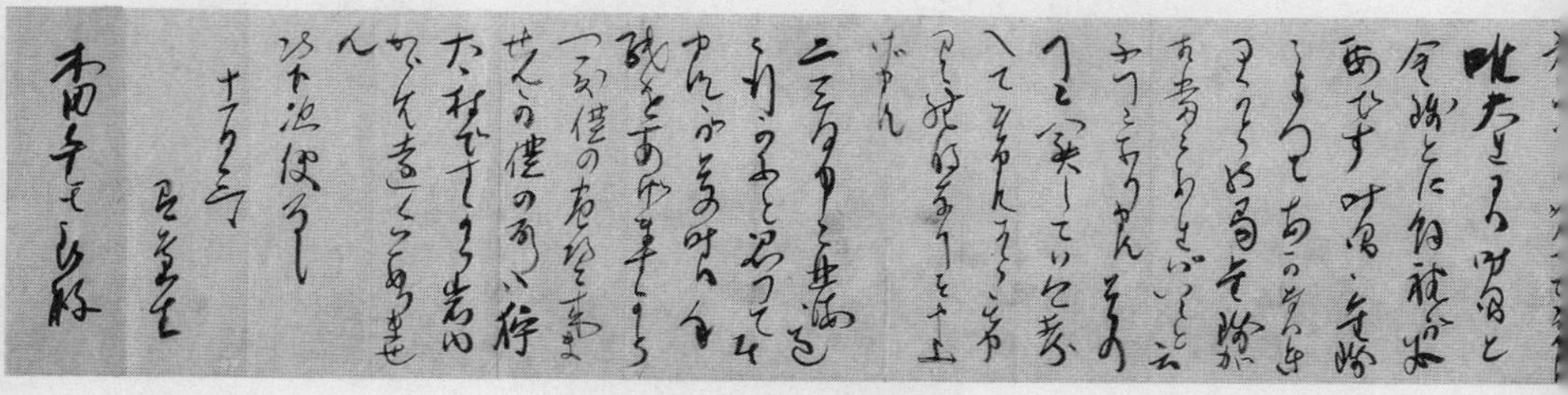

木田を岩内に留まらせる契機となった有島の書簡（1917〈大正6〉年11月3日付）
（木田金次郎美術館蔵）

お眺めなさる方がいいに決って居ます。唯夫《ただそ》れには時間と金銭とに余裕が必要です。時間は金銭によってあがなわれるから、結局金銭が相当にあればいいと言う事になります。その事に関しては今考えて居ますから、其中《そのうち》具体的な事を申上げます。

二、三日中に北海道に行こうと思って居ますが、その時は手紙をあげますから一度僕の農場に来ませんか。僕の所は狩太村ですから岩内からは遠くはありません。

以下次便草々

十一月三日

有島生

木田金次郎様

［翻刻は現代かな遣いに改めた］

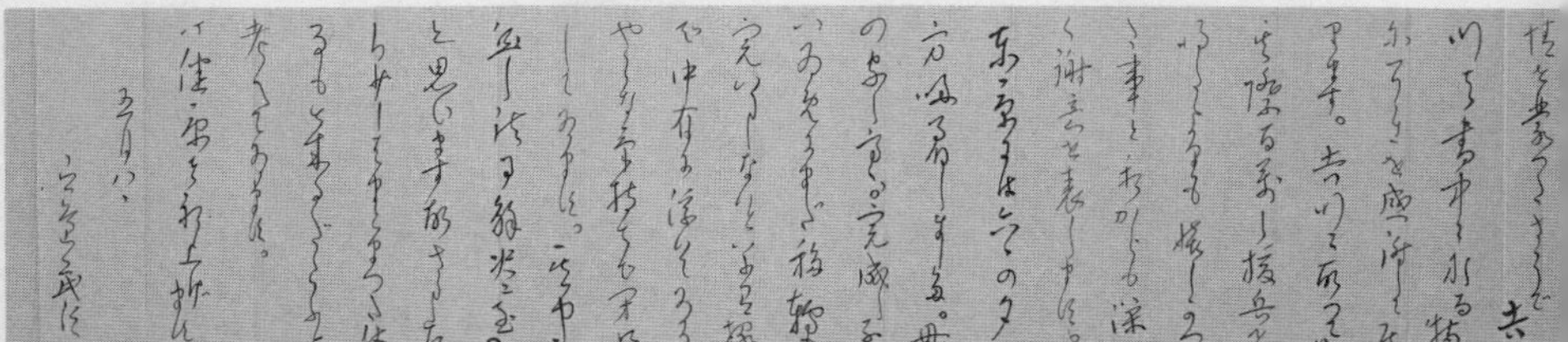

有島が木田にあてた書簡の中で現存が確認されている最晩年のもの（1923〈大正12〉年5月8日付）。
この年の3月、有島農場管理人の吉川銀之丞が「有島灌漑溝」工事に関する補助金不正使用の嫌疑で警察に取り調べを受けていた。それに対して木田らが減刑の請願をしたことに対する礼状
（有島記念館蔵）

有島から木田に献呈された『ホキットマン詩集』
（第1輯：1921〈大正10〉、第2輯：1923〈大正12〉年
／木田金次郎美術館蔵）

有島が翻訳した詩人ホイットマンの「草の葉」が掲載された「白樺」（第4巻第7号〈復刻版〉）。木田は自らの随筆の中でこの訳詩に触れ、生命が激しく揺り動かされたと後に振り返った
（有島記念館蔵）

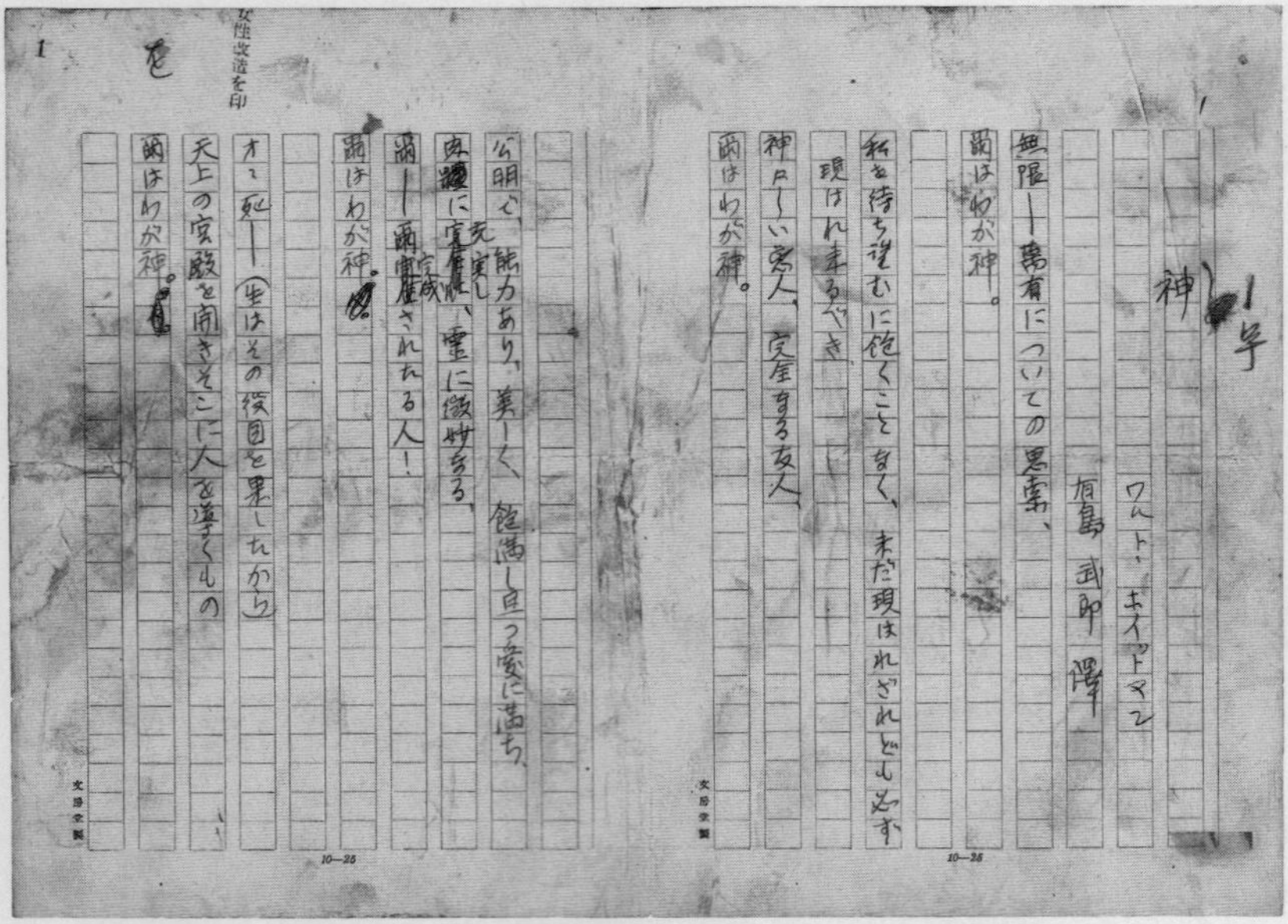

ホイットマンの詩「神」を有島が翻訳した原稿
（1920〈大正9〉年／有島記念館蔵）

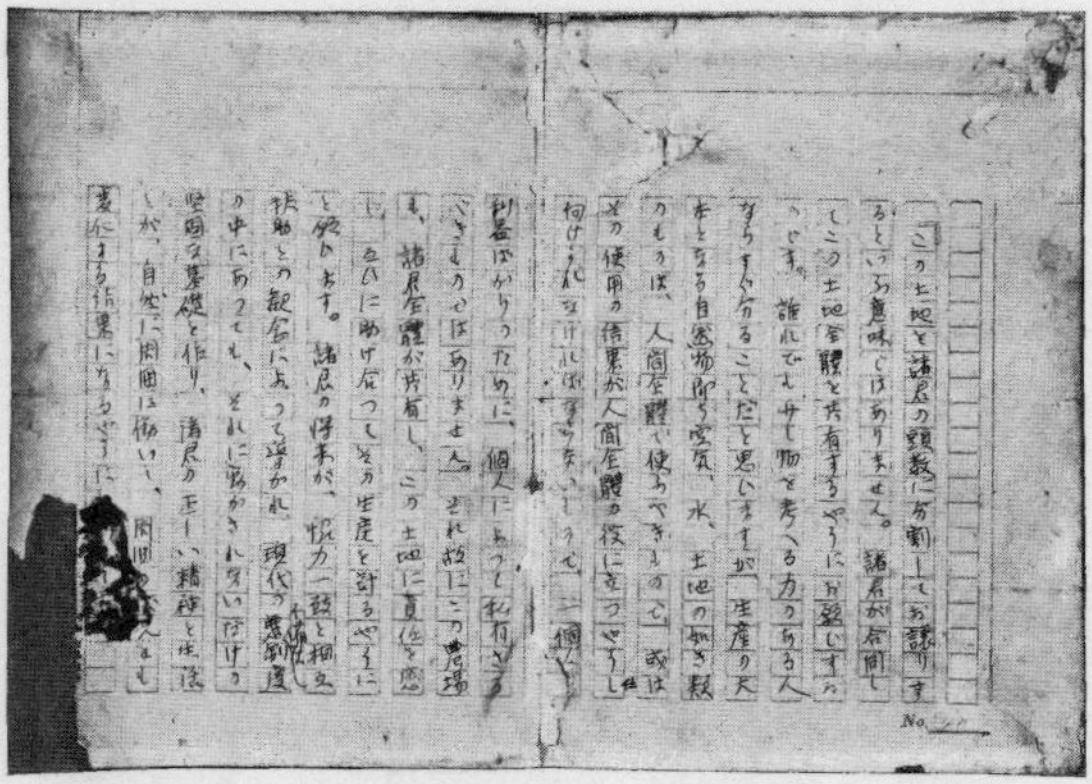

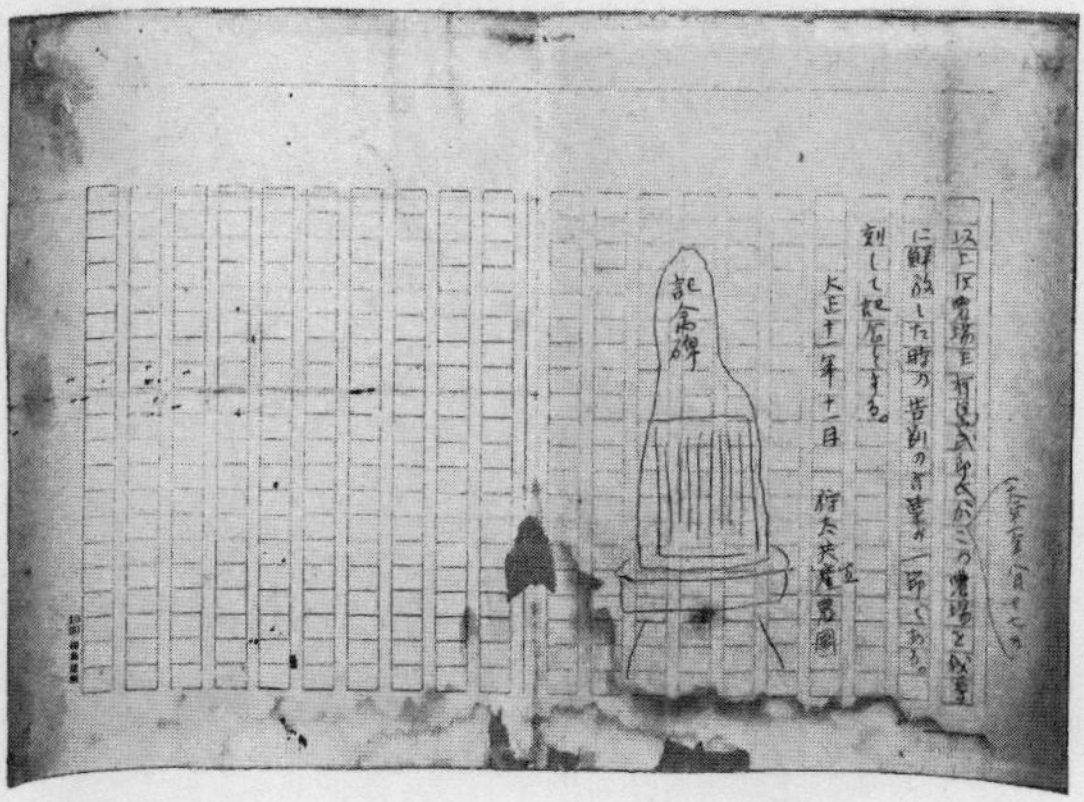

有島農場解放記念碑文案。「水や土地は人類で共有すべきである」と綴られている。この碑文は、その内容から役所の許可が下りず、使われることはなかった（有島記念館蔵）

この土地を諸君の頭数に分割してお譲りするといふ意味ではありません。諸君が合同してこの土地全体を共有するやうにお願ひするのです。誰れでも少し物を考へる力のある人ならすぐ分かることだと思ひますが、生産の大本となる自然物即ち空気、水、土地の如き類のものは、人間全体で使ふべきもので、或はその使用の結果が人間全體の役に立つやうに仕向けなければならないもので、一個人の利益ばかりのために、個人によつて私有されるべきものではありません。それ故にこの農場も、諸君全体が共有し、この土地に責任を感じ、互ひに助け合つてその生産を計るやうにと願ひます。諸君の将来が、協力一致と相互扶助との観念によつて導かれ、現代の不備な制度の中にあつても、それに動かされないだけの堅固な基礎を作り、諸君の正しい精神と生活とが、自然に周囲の状況をも変化する結果になるやうにと祈ります。

以上は農場主有島武郎氏が大正十一年八月十七日この農場を我等に解放した時の告別の言葉の一節である。

刻して記念とする。

大正十一年十一月　狩太共生農園

［実際の解放宣言は7月18日］

◎有島×木田　クロス年譜

＊この年譜は、瀬沼茂樹ほか編『有島武郎全集 別巻』（1988年、筑摩書房）、有島武郎研究会編『有島武郎事典』（2010年、勉誠出版）、高山亮二著『新訂　有島武郎研究』（1984年、明治書院）、正木基編『木田金次郎展』（1979年、北海道立近代美術館）所収の年譜等を参照し、本書の趣旨に添うよう加筆等を行いました。（編者）

西暦	和暦	有島年齢	有島武郎年譜	木田年齢	木田金次郎年譜
1878	明治11年	0	3月4日、東京・小石川水道町52番地（現・東京都文京区水道1丁目）に、父・武（たけし）、母・幸子（ゆきこ）の5男2女の長男として生まれる。		
1882	明治15年	4	6月、父・武が横浜税関長に赴任し、一家は横浜に転居。横浜では、英会話などを学ぶために宣教師宅に通う。		
1884	明治17年	6	横浜英和学校入学。この頃から絵を描くことが好きで、同校での絵具を巡るエピソードを元にした童話『一房の葡萄』がある。		
1887	明治20年	9	9月、学習院予備科第3年級（現在の小学4年相当）に編入学。		
1890	明治23年	12	9月、学習院予備科を卒業し、中等科に進む。この頃から文学書を愛読。		
1893	明治26年	15		0	7月16日、北海道岩内郡御鉾内町32番地に、父・久造（きゅうぞう）、母・ウカの4男2女の次男として生まれる。
1896	明治29年	18	7月、学習院中等科卒業。9月、札幌農学校予科第5年級に編入学。同校・新渡戸稲造教授宅に寄寓。生涯にわたり交友を持つ同級生の森本厚吉と親しくなる。	3	
1897	明治30年	19	【有島農場関連史】3月、「北海道国有未開地処分法」公布。父・武が同法によってマッカリベツ原野（現・北海道ニセコ町）の貸付許可を受け、11月には武郎が、同地を視察した海江田信哉と、薩摩閥の北海道開拓事業における重鎮・湯地定基宅にて面会し、現地状況などを聴取。	4	
1898	明治31年	20	2月、森本厚吉から依頼の遠友夜学校校歌作詞。12月下旬、森本と定山渓（現・札幌市南区）に宿泊し、内村鑑三の『求安録』に感動して初めて神に祈る。	5	
1899	明治32年	21	2月、キリスト教入信を決意するものの、両親の反対にあう。9月、本科3年級に進級。【有島農場関連史】7月、武が同年4月に貸付地返還申請したマッカリベツ原野を、娘婿・山本直良の名義で再出願（9月に許可を得る）。	6	

7歳頃の有島
（1885年／写真提供＝日本近代文学館）

有島、志願兵時代
（1902年／写真提供＝日本近代文学館）

1900	明治33年	22	【有島農場関連史】4月、のちの農場管理人・吉川銀之丞が小作人4戸を連れて山本農場に入場。	7	5月、岩内尋常高等小学校尋常科（現在の岩内東小学校）入学。この頃、父の漁場で働く漁夫が描いた日本画に心うたれ、絵画に関心を抱く。
1901	明治34年	23	3月、札幌独立基督教会会員となる。7月9日、札幌農学校卒業（第19期生本科農業経済科）。12月1日、1年志願兵として第一師団歩兵第三連隊（東京）に入営［翌年11月除隊し、予備見習士官（曹長）］【主な著作】森本厚吉共著『リビングストン伝』（警醒社）【有島農場関連史】7月、武、武郎らが農場を初訪問。	8	
1903	明治36年	25	9月、アメリカ・ハヴァフォード大学大学院に入学。「日本文明史序論」を研究テーマとし、英国史や経済学などを履修する。【有島農場関連史】有島は6月25日から28日まで農場に滞在。	10	1月15日、母・ウカ死去（享年不詳）。
1904	明治37年	26	6月、ハヴァフォード大学大学院修了。9月、ハーバード大学大学院に聴講手続き。美術史や労働問題、宗教史などを履修。大学図書館でイプセン、トルストイ、クロポトキンなどの著書を読む。この頃、金子喜一を知り、社会主義思想に近づく。【有島農場関連史】（この年）山本農場の小作料徴収開始。函館から農場内を通り小樽に至る北海道鉄道（初代）が全通し、以降、小作人が増加する契機となる。	11	3月、岩内尋常高等小学校尋常科卒業。4月、同校高等科入学。同校では、木田が生涯を通して深く私淑した柏村信が木田のクラスを2年間担当。
1905	明治38年	27	1月1日、ボストンで金子喜一と社会主義の集会に参加。この頃、ホイットマンの詩に出会う。6月、ハーバード大学への出席をやめる。【主な著書】「露国革命党の老女ブレシコフスキイ女史」（『毎日新聞』5回連載）【有島農場関連史】8月、両親が山本農場に来場し、武は農場内「宮山」の社を「弥照《いやてる》神社」として命名。	12	
1906	明治39年	28	9月、ニューヨークからイタリアに出発。ナポリで弟・壬生馬（のちの生馬）と合流し、以降ヨーロッパを周遊。11月、スイスの宿でティルダ・ヘックらと出会う。	13	
1907	明治40年	29	2月上旬、ロンドン在住のクロポトキンを訪問、幸徳秋水宛の手紙を託される。4月、神戸着。その後、志願兵の残余期間満了のため、再び入営。12月5日、東北帝国大学農科大学英語講師に任ぜられる。【有島農場関連史】8月、有島は両親らと農場を訪問。両親らは『狩太八景』の書画帖を残す。	14	
1908	明治41年	30	1月、札幌独立基督教会日曜学校校長に就任。3月から10月まで学生監部勤務を命じられて東北帝国大学農科大学学生寮に舎監として住む。5月、美術団体「黒百合会」が発足し、有島も関与する。6月、予科教授となる。9月、東京にて神尾安子と見合い。10月、北2条東3丁目（現・札幌市中央区北2条東6丁目）に転居。【主な著作】「イブ	15	3月、岩内尋常高等小学校高等科卒業。4月、東京・開成中学校入学。東京帝国大学に入学した柏村信の下宿に寄宿、同郷の滝谷健蔵と3人の共同自炊生活が始まる。

シカゴにて。右から森本厚吉、森廣、有島
（1903年／有島記念館蔵）

<table>
<tr><th>西暦</th><th>和暦</th><th>有島年齢</th><th>有島武郎年譜</th><th>木田年齢</th><th>木田金次郎年譜</th></tr>
<tr><td>1908</td><td>明治41年</td><td>30</td><td>セン雑感」(『文武会々報』)【有島農場関連史】3月、山本農場を有島武郎名義に変更し、名実ともに「有島農場」となる。7月下旬から8月上旬にかけて農場の無償付与に関する検査が行われて有島が立ち会うが、農場経営については不快と感じる。9月、有島一家が来場の際に宿泊する座敷が農場事務所に増築。</td><td>15</td><td></td></tr>
<tr><td>1909</td><td>明治42年</td><td>31</td><td>1月、遠友夜学校代表となる。3月下旬、挙式のため上京し、神尾安子と結婚(翌月入籍)。11月、黒百合会第2回展覧会を札幌・北九条小学校で開く。【主な著作】「ブランド」(『文武会々報』に1912(明治45)年4月迄連載)【有島農場関連史】7月、農場全地が北海道庁より無償付与。8月、父・武や2人の弟・山内英夫(作家・里見弴。母方の叔父の家を継いだ)、有島行郎とともに来場。10月、安子を伴い来場。この年、吉川銀之丞が有島農場の正式な管理人となる。</td><td>16</td><td>(この年)開成中学校中退し、東京・京北中学校3年に編入学。この時期に、生涯の友人となる佐藤彌十郎が早稲田大学に入学し、柏村の下宿で知り合う。木田は京北中学校時代から絵を描き始めているが、上野で開催されていた文部省美術展覧会などにも足繁く通う。</td></tr>
<tr><td rowspan="2">1910</td><td rowspan="2">明治43年</td><td rowspan="2">32</td><td>5月、札幌区白石町上白石2番地(現・札幌市白石区菊水1条1丁目)に転居。同月、札幌独立基督教会を退会。【主な著作】「二つの道」「老船長の幻覚」「叛逆者―ロダンに関する考察」(『白樺』)【有島農場関連史】有島が農場帳簿調査を始め、以降毎年実施。12月10日、「或る女のグリンプス」初回掲載分を有島農場で脱稿。</td><td>17</td><td>4月、高村光太郎が日本初の個人画廊「琅玕洞」を開設し、正宗得三郎、柳敬助、斉藤与里らの個展を開催。高村の美術批評に注目していた木田も足を運ぶ。7月3日から20日、白樺社主催で「南薫造・有島壬生馬滞欧記念絵画展覧会」が上野で開かれ、木田はこの展覧会に非常な感銘を受ける。秋、木田は京北中学校4年を中退し、札幌の滝谷源一郎(健蔵の弟)の下宿に寄寓し、札幌郊外で絵を描く日々を過ごす。この時、札幌中学校(現在の札幌南高校)へ編入手続きをするが叶わず。11月末～12月頃、木田は岩内に戻るが、家業不振のため、漁業に従事する毎日となる。</td></tr>
<tr><td colspan="3">4月1日、雑誌『白樺』が武者小路実篤らにより創刊。有島も弟・有島壬生馬と里見弴と共に同人として参加。木田も同誌を愛読。11月13日、札幌女子尋常高等小学校で開催されていた黒百合会第3回展覧会で、木田は有島の絵画作品に深い感銘を受ける。その後、木田は札幌・上白石の有島邸を偶然見つけ、その数日後には描きためたスケッチを携えて訪問。</td></tr>
<tr><td rowspan="2">1911</td><td rowspan="2">明治44年</td><td rowspan="2">33</td><td>1月13日、長男・行光(後の俳優・森雅之)誕生。11月29日、黒百合会第4回展覧会にて、有島所有の油絵や写真が多数展示。【主な著作】「或る女のグリンプス」(『白樺』に1913(大正2)年3月迄連載)【有島農場関連史】地力の減退により不作に陥り、有島農場第2期小作料を減額。この年、小作人退場多数。その中に『カインの末裔』のモデルとされる人物もいた。</td><td>18</td><td></td></tr>
<tr><td colspan="3">5月、武者小路実篤、高村光太郎が札幌来訪。有島は木田を誘うものの、木田は出向かず。</td></tr>
<tr><td>1912</td><td>明治45・大正元年</td><td>34</td><td>7月19日、次男・敏行誕生。10月、札幌に来た内村鑑三と話すが、キリスト教を離れる意思を翻さず。【有島農場関連史】(この年)農場の耕作地は250町歩となるが、地力の減退傾向は続く。</td><td>19</td><td></td></tr>
</table>

10月、黒百合会第5回展覧会にて、有島の尽力により東京から送られてきたロダン彫刻3点、デッサン2点を展示。有島は木田を誘うものの、木田は岩内に留まる。

1913	大正2年	35	8月10日、北12条西3丁目3番地（現・札幌市北区）に新築した西欧風の住宅に転居（現在、札幌芸術の森に保存）。10月22日、足助素一（札幌農学校時代からの友人で、有島の著作を多く出版した叢文閣創業者）に教職生活、農場問題などについて話す。12月23日、三男・行三誕生（昭和6年、安子の弟・神尾毅に養子縁組）。【主な著作】「ワルト・ホイットマンの「断面」」（『文武会々報』）、「草の葉」（『白樺』）【有島農場関連史】8月、武が農場視察。9月20日、凶作による小作料の一部軽減を両親に報告。夏・秋作ともに大凶作。	20	
1914	大正3年	36	9月下旬、安子発熱（当初の診断は気管支炎。後に結核と判明）。10月4日、安子入院。17日・18日、黒百合会第7回展覧会開催。有島の尽力によりゴヤ、レンブラントなどの版画を展示。11月末、安子のために転地を勧められ、札幌から帰京（安子は鎌倉で静養）。【主な著作】「お末の死」、「An Incident」（『白樺』）【有島農場関連史】4月、北海道拓殖銀行より「旧佐村農場」94町歩を買収、第二農場とする。第一農場と合わせた総面積は444町歩となる。	21	
1915	大正4年	37	3月、東北帝国大学農科大学に辞表提出（休職扱・2年後退職）、遠友夜学校代表辞職。29日に札幌を去る。【主な著作】「宣言」（『白樺』4回連載）【有島農場関連史】有島は3月18日から農場に3泊し、経理調査などの事務作業を行う。	22	
1916	大正5年	38	1月11日、「或る女のグリンプス」続稿に着手。5月3日、安子を平塚の杏雲堂病院から退院させ、近くの借家に転居させる。8月2日、安子死去（享年27歳）。12月4日、武死去（享年74歳）。【主な著作】「首途」（『白樺』）、「クローポトキン」（『新潮』）【有島農場関連史】有島は10月18日から23日まで農場に滞在し、第二農場を実見。11月、弥照神社が現在地に移転。農作物好況。	23	
1917	大正6年	39	2月、東京・平河町に部屋を借りて仕事部屋とする。10月18日、『有島武郎著作集』（新潮社）刊行。【主な著作】「惜しみなく愛は奪ふ」（『新潮』）、「カインの末裔」（『新小説』）、『有島武郎著作集第一輯　死』、『同第二輯　宣言』（新潮社）。この年を振り返り「嘗てない多作をした年」と述べ、小説、評論など多岐に渡る執筆活動を行った。【有島農場関連史】11月11日から14日まで滞在して農場の経理を調査する。この年も好況。小規模の水田試作始まる。	24	（この年）夏ごろから再び絵を描きはじめる。この後、しばらくは漁の合間に岩内近郊をスケッチするほか、ロダンの著作『ロダンの芸術観』（木村荘八訳・洛陽堂）や『ロダンの言葉』（高村光太郎訳・阿蘭陀書房）、ミレーの伝記、エマーソンの論文集などを読む毎日を送る。 10月末、木田は有島に鉛筆素描画帳2冊と書簡を送る。11月12日、木田が有島農場を訪問し、2人は7年ぶりに再会。この再会が有島の小説『生れ出づる悩み』執筆へとつながる。

農場事務所前にて。右から農場管理人・吉川銀之丞、有島、隣接する曾我農場・曾我祐光、吉川家族ら（1916年／有島記念館蔵）

西暦	和暦	有島年齢	有島武郎年譜	木田年齢	木田金次郎年譜
1918	大正7年	40	6月、足助素一が出版社「叢文閣」を創業し、新潮社から刊行されている『有島武郎著作集』の出版を希望。有島が新潮社と交渉し、同月承諾を受ける。【主な著作】『有島武郎著作集第三輯　カインの末裔』、『同第四輯　叛逆者』、『同第五輯　迷路』（新潮社）、『同第六輯　生れ出る悩み』、『同第七輯　小さき者へ』（叢文閣）「旅の心」（『読売新聞』連載32回）【有島農場関連史】（この年）有島は、吉川銀之丞の進める稲作転換に賛意を示す。	25	（この年）この後、長年の交友を持つ今井卯八（のちの画材店「銀嶺荘」経営者）が岩内転住。今井は呉服商を営みながら、写生する木田に同行。木田は岩内の俳人・泉天郎主宰の「天郎句会」に参加し、中塚一碧楼主宰の句誌『海紅』にも投句している。俳号は木田𣡽（なつめ）。
			3月16日、『大阪毎日新聞』に「生れ出る悩み」連載開始（『東京日日新聞』は2日遅れ）。有島は3月25日付木田宛書簡で、小説の題材としたことを釈明。4月下旬、有島急病のために連載は32回で中断。9月12日、同作を改稿・追補して『有島武郎著作集第六輯　生れ出る悩み』として叢文閣から出版。12月21日、有島は木田から送られてきたスケッチ分譲の諾否に関して問い合わせる。		
1919	大正8年	41	【主な著作】『有島武郎著作集第八輯　或女（前編）』、『同第九輯　或女（後編）』、『同第十輯　三部曲』（叢文閣）【有島農場関連史】8月、有島来場。（この年）農場は水田を試作する小作人に補助金を出す。農場会計が初の赤字。第一次世界大戦終結により雑穀相場下落により打撃をうけはじめる。	26	7月21日・22日、旭川で開催された第1回ヌタックカムシュッペ画会に出品。10月24日から29日開催の黒百合会第12回展覧会に、関根正二のペン画6点とともに木田の油彩とデッサンが出品される。
			2月9・10日、有島は「木田金次郎氏習作品展覧会」を東京・有島邸内の弟・佐藤隆三の部屋（生馬の元画室）で開催。出品はデッサン35点、観覧者は1日目50人、2日目75人あり、売上は171円。諸経費を差し引いた収入は111円40銭であった。この売上金は有島から木田に送金され、木田は油絵具などの画材を購入。有島は7月から8月にかけて北海道を子供たちと訪問し、木田とも再会。		
1920	大正9年	42	3月、森本厚吉が「通信大学文化生活研究会」を創立し、吉野作造と共に顧問となる。10月13日、北海道へ出発（23日帰宅）。【主な著作】「美術鑑賞の方法に就て」（『太陽』）、『有島武郎著作集第十一輯　惜みなく愛は奪ふ』、『同第十二輯　旅する心』（叢文閣）、「二房の葡萄」（『赤い鳥』）【有島農場関連史】10月、有島が札幌の森本厚吉を訪ねて農場解放の考えを示す。（この年）雑穀、でんぷん相場暴落。その影響を受けて小作人が困窮し、農場は見舞金を出す。	27	
			8月、木田の油彩作品が、有島と親交のあった浅井三井により第7回二科会展に無断出品されて落選。有島、浅井ともに木田に謝罪の書簡を送る。		
1921	大正10年	43	生活改造の必要性を感じる。北海道帝国大学学生のために、「故有島安子記念奨学金」として寄附を行う。【主な著作】『有島武郎著作集第十三輯　小さな灯』（叢文閣）、「白官舎」（『新潮』）、「溺れかけた兄妹」（『婦人公論』）、「御柱」（『白樺』）、訳書『ホヰットマン詩集第一輯』（叢文閣）【有島農場関連史】3月、有島農場造田及び灌漑溝工事への補助金申請提出（9月に許可）。9月、造田及び灌漑溝工事費4万円を有島名	28	10月16日～18日、第6回ヌタックカムシュッペ画会に小樽緑人社のメンバーとして油彩とデッサンを出品。

西暦	和暦	有島年齢	有島事項	木田年齢	木田事項
			義で勧業銀行から第一農場を担保に借り受ける。		9月、木田は上京し、有島邸に滞在。中央画壇の動向を知る。
1922	大正11年	44	3月24日、弟妹に財産処分の意向を伝える。10月1日、個人雑誌『泉』創刊。12月12日、財産処分のため、邸内で書画の一部を公売。【主な著作】「宣言一つ」(『改造』)、「雑信一束」(『我等』)、『有島武郎著作集第十四輯　星座』、『同第十五輯　芸術と生活』、『一房の葡萄』、有島武郎個人雑誌『泉』第1巻第1～3号(上記著作すべて叢文閣)【有島農場関連史】5月、有島は解放後の新組合組織の責任者を吉川銀之丞に依頼。7月13日、有島農場着。15日、森本厚吉らと解放後の組合組織などの協議。18日、小作人を弥照神社に集め農場の無償解放を宣言。19日、小作人らの見送りを受けて札幌に向かう。(この年)小作人より農場解放記念碑建立の懇請があり、有島は「小作人への告別」(『泉』創刊号)中の文言を書き送る。引き続き、小作料は徴収。	29	7月14日、農場解放のために有島農場入りした有島を木田が来訪。16日、木田とともに岩内に赴き、この日は岩内町役場議事堂にて「惜みなく愛は奪ふ」と題して講演。17日は岩内女子小学校(現・岩内町立西小学校)で講演。この年、岩内では同年10月に創刊された有島の個人雑誌『泉』にちなみ、木田や佐藤彌十郎、今井卯八ら43名によって「白水会」が結成。 1921年頃の木田金次郎(右)(小樽にて/木田金次郎美術館蔵)
1923	大正12年	45	6月6日、波多野秋子の夫・春房に呼ばれ、面会。8日、母に挨拶して外出。新橋駅構内で待ち合わせた波多野秋子と軽井沢へ向かう。9日、軽井沢の別荘・浄月庵で両人共に縊死(享年45歳)。7月6日、遺体発見。9日、告別式、遺骨を青山墓地に埋葬(のちに多磨霊園に改葬)。【主な著作】『泉』第2巻第1号～6号、訳書『ホヰットマン詩集第二輯』、『有島武郎著作集第十六輯　ドモ又の死』(上記著作すべて叢文閣)【有島農場関連史】2月上旬、吉川銀之丞が上京し、有島邸にて森本厚吉を交えて新農場について協議。3月、吉川銀之丞が灌漑溝工事に関する補助金使用に不正の嫌疑が浮上。警察の取り調べを受ける。後に禁錮6カ月執行猶予1年の判決。7月、吉川が有島の葬儀に参列。	30	有島の訃報を受け、木田はただちに上京し葬儀に列席。木田はこの頃から数年のうちに漁業を捨て、画業に専念する決心を固めたといわれる。
1924	大正13年		【有島農場関連史】解放後の農場が「有限責任狩太共生農団信用利用組合」として発足。	31	
1928	昭和3年			35	秋、満洲・朝鮮を写生旅行。友人・杉野光孝らの尽力により大連の満鉄倶楽部で2日間の個展開催。出品数は約30点。この時のちの児童文学者・石森延男を知る。

西暦	和暦	有島年齢	有島武郎年譜	木田年齢	木田金次郎年譜
1930	昭和5年			37	8月、岩内町議会議員に当選(昭和7年6月まで)。
1931	昭和6年			38	8月、今井卯八が仙台以北ではじめての画材専門店「銀嶺荘」を札幌(南一条西5丁目)に開店。
1934	昭和9年			41	6月～8月、2カ月半を費やして大雪山の連作を手がける。
1939	昭和14年			46	5月26日、父・久造死去(享年84歳)。夏、利尻・礼文島へ写生旅行。野口彌太郎(独立美術協会)と今井卯八が同行。
1942	昭和17年			49	4月8日、山田フミ(のちに文子)と結婚。
1943	昭和18年			50	3月18日、長男・尚斌誕生。
1945	昭和20年			52	3月4日、次男・敏斌誕生。9月、後志美術協会(小川原脩、間宮勇らが中心)が結成され、木田も名を連ねるが、展覧会には一度も出品せず。11月、全道美術協会(全道展)の創立に名を連ねるが、同じく出品せず、4年後に退会。
1946	昭和21年			53	12月、『随筆北海道』(山下秀之助編・青磁社)に随筆「鰊漁場の生活―有島武郎の思ひ出・秀作の一部」を掲載。
1947	昭和22年			54	この年、児島善三郎(独立美術協会)の個展が岩内で開催され、交友を持つ。
1948	昭和23年			55	1月22日、長女・るり子誕生。野口彌太郎が岩内町を訪問し、木田らと共に岩内港などを写生。
1950	昭和25年			57	11月、岩内町文化賞を受賞。
1952	昭和27年			59	8月4日、作家・八木義徳が岩内の木田宅を訪問。八木は、この対面を「漁夫画家」と題して同年10月発行の『文学界』に発表。(この頃)生活に安定のきざしがみえてくる。
1953	昭和28年			60	11月14日～19日、「木田金次郎個人展第一回」を札幌・丸井今井百貨店で開催。油彩106点を出品。
1954	昭和29年			61	東京・中野に高村光太郎を訪問。9月26日、台風15号(洞爺丸台風)による「岩内大火」で、油彩・デッサンあわせて約1600点の作品を焼失。11月、北海道文化賞受賞。
1955	昭和30年			62	この年の北海道銀行のカレンダーに《りんご》と《鮒》の2点が使用される。7月、『生れ出づる悩み』英訳本(『THE AGONY OF COMING INTO THE WORLD』藤田清次訳・北星堂書店)出版。

小樽精養軒にて。有島(前列左から3人目)と木田(後列右から6人目)たち(1922年/木田金次郎美術館蔵)

大火の焼け跡に佇む木田金次郎と中居定雄(1954年/木田金次郎美術館蔵)

1956	昭和31年			63	10月、北海道銀行頭取・島本融の著作『銀行生誕』（ダイヤモンド社）の表紙と挿絵を描く。
1957	昭和32年			64	5月25日、「木田金次郎油絵小品展」を北海道銀行東京支店で開催。油彩18点を出品。11月、北海道新聞文化賞受賞。
1958	昭和33年			65	9月17日、戸籍名「金治郎」を、以前から用いている「金次郎」に変更。
1959	昭和34年			66	4月7日～12日、「木田金次郎作品展」（朝日新聞社主催）を東京・日本橋高島屋で開催。以降、仙台・丸光百貨店、札幌・丸井今井百貨店を巡回。4月14日、北海道放送にて八木義徳との対談テレビ番組「木田さんとその作品」が放映される。
1960	昭和35年			67	この年の北海道銀行カレンダーに《菜の花畑》が使用される。7月、中谷宇吉郎との共著『北海道』（中外書房）刊行。
1962	昭和37年			69	この年の住友海上火災のカレンダーに《荒磯の放牧》が、ホクレンのカレンダーに《りんご》《初秋》《積丹の漁港》《百合》《残雪ニセコ》《朝の海》が使用される。3月24日、NHKにて木田の生活を追うドキュメンタリー番組「山ハ絵具ヲツケテ」放映。4月10日～15日、「木田金次郎新作展」（朝日新聞社主催）が東京・日本橋高島屋で開催。以降、大阪・阪急百貨店（5月22日～27日）、福岡・岩田屋百貨店（6月15日～24日）、札幌・丸井今井百貨店（9月18日～23日）を巡回、福岡では富永朝堂との二人展。12月15日午後4時40分、脳出血のため死去（享年69歳）。
その後					
1949	昭和24年		狩太共生農団解団。「有島謝恩会」発足。旧農場事務所に「（初代）有島記念館」開館。		
1957	昭和32年		「（初代）有島記念館」焼失		
1963	昭和38年		「有島記念会館」開館		
1978	昭和53年		「（現）有島記念館」開館		
1994	平成6年				木田金次郎美術館開館
2018	平成30年	『生れ出づる悩み』出版100年を記念し、両作家の歩みを紹介する巡回展を東京、札幌、ニセコ、岩内にて開催。			

1960年頃の木田金次郎
（アトリエにて／木田金次郎美術館蔵）

有島記念館

有島記念館は、大正期の小説家・有島武郎が現在の北海道ニセコ町に不在地主として所有し、画期的な形で無償解放をした有島農場や有島の生涯を紹介するため、ニセコ町が1978（昭和53）年に開設した博物館施設。有島農場関連資料や有島の自筆資料など約2千点をはじめ、北海道の風景を貼り絵で表現するイラストレーター・藤倉英幸の作品を約1万点収蔵している。

館内には、有島や有島農場の歩みを紹介する常設展示室のほか、若手芸術家の作品や藤倉コレクションなどを紹介する特別展示室を備える。羊蹄山やニセコ連山の雄大な景色が一望できるスペースにはブックカフェがあり、有島の作品から着想を得た自家焙煎コーヒーを楽しみながら、静かなひと時を過ごすことができる。またニセコ町唯一の博物館施設として、郷土資料の収集、音楽コンサートや各種講座の開催など、町の文化的拠点にもなっている。

[所在地] 北海道虻田郡ニセコ町字有島57番地
[電話番号] 0136-44-3245
[開館時間] 9～17時（最終入館16時30分）
[休館日] 月曜日（祝日の場合は開館、翌日休）、年末年始。ただし、夏季は月曜日でも開館する場合がある
[交通アクセス]
車　札幌、新千歳空港から約2時間
JR　ニセコ駅から徒歩30分（約2.5km）、タクシー5分
バス　道南バス（JR「倶知安駅」発）「有島記念館前」下車、徒歩5分
[ホームページ] 有島記念館 検索

木田金次郎美術館

1994（平成6）年開館。岩内町の中心部、かつての国鉄「岩内駅」跡地の「いわないマリンパーク」に立つ。円筒部と箱形部からなる外観は転車台と列車をイメージしている。屋上の展望回廊からは、木田が描いた海や山が一望できる。町民有志による設立運動に岩内町が呼応して設立され、開館当初から「町立民営」というユニークな体制で運営されている。木田金次郎作品を紹介する企画展示や特別展示を年3回行うほか、「絵の町・岩内」を象徴する展示やイベントを開催している。

木田文子夫人が岩内町に寄贈した作品を核として形成されたコレクションは開館時の約90点から約160点へと充実。収蔵作品のうち寄託作品が約半数を占めるなど、多くの人に支えられながら活動している。

[所在地] 北海道岩内郡岩内町万代51-3
[電話番号] 0135-63-2221
[開館時間] 10～18時（最終入館17時30分）
[休館日] 月曜日（祝日の場合は開館、翌日休）、年末年始
[交通アクセス]
車　札幌、新千歳空港から約2時間30分
バス　中央バス（札幌駅前発）「岩内バスターミナル」下車徒歩1分
[ホームページ] 木田金次郎美術館 検索

協力

佐野　力
松浦英雄
塚原敏夫
三嶌晃弘
有島記念館友の会「土香る会」
石黒敬祐

編集

伊藤大介（有島記念館主任学芸員）
春日井雅子
金沢志乃
小坂みゆき
田能村元仁
脇山ひなた（以上、有島記念館）
岡部　卓（木田金次郎美術館学芸員）
仮屋志郎（北海道新聞出版センター）

企画協力

谷口雅春

取材協力

岩内町郷土館
かごしま近代文学館・メルヘン館
川内まごころ文学館
久米淳之（北海道教育庁生涯学習推進局）

ブックデザイン

佐藤守功（佐藤守功デザイン事務所）

参考文献

『有島武郎全集』筑摩書房
前川公美夫『有島武郎の札幌の家』（星座の会）
福冨則義『鉄狂　有島武伝』
有島生馬『思い出の我』
有島生馬編『有島幸子歌集』
『有島三兄弟と父の郷里』薩摩川内市川内まごころ文学館
『有島三兄弟それぞれの青春』有島記念館・有島生馬記念館・川内まごころ文学館・鎌倉文学館
山田昭夫『有島武郎・姿勢と軌跡』（右文書院）
高山亮二『有島武郎研究』（明治書院）
高山亮二『有島武郎とその農場・農団』（星座の会）
『岩内町史』岩内町
『狩太町史』狩太町
木田金次郎『「生れ出づる悩み」と私』（北海道新聞社）
佐藤友哉『ミュージアム新書7　木田金次郎　生れ出づる悩み』（北海道新聞社）
『木田金次郎展』北海道立近代美術館（朝日新聞社）
『木田金次郎と「絵の町・岩内」』木田金次郎美術館
有島武郎研究会編『有島武郎事典』（勉誠出版）

『生《うま》れ出《い》づる悩《なや》み』を読《よ》む
有島武郎《ありしまたけお》と木田金次郎《きだきんじろう》のクロスロード

2018年7月21日　初版第1刷発行
編　者　有島武郎・木田金次郎プロジェクト
発行者　鶴井　亨
発行所　北海道新聞社
〒060-8711　札幌市中央区大通西3丁目6
出版センター（編集）電話011-210-5742
（営業）電話011-210-5744
http://shop.hokkaido-np.co.jp/book/
印刷・製本所　株式会社アイワード

乱丁・落丁本は出版センター（営業）にご連絡くだされぱお取り換えいたします。
ISBN978-4-89453-914-3